あずかりやさん

満天の星

大山淳子

ポプラ文庫

目次

プロローグ

プロローグ

あずかりやさんへ

お手紙読んでいただいてありがとうございます。
あずかりやさんの誠実さ、とても尊敬します。
あなたのおかげで思いやりの大切さを学び、
前向きに変わることができました。
いつかまた、前を向けなくなった時、会いに行きます。
明日も晴れるといいですね。

花

金魚

ぶっ殺してやる、とつぶやきながら、男は夜の街を歩いていた。

肩にぶつかるものあらば、一発殴る。目が合うものあらば、思い切り蹴りを入れる。そう男は決めていた。

憤怒で男の胸の内は煮えたぎっている。ついてないのだ。とことんついてないのだ。生まれてからずっとだ。

男は、男の周囲にいるどの人間よりも不遇であった。そして男の周囲には、一般基準から見て恵まれている人間などひとりもいなかった。男のついてなさは、誰もが認めるところであったし、わたしも深く同情するものである。奴の気が晴れるならば誰かひとりくらい犠牲になってもしかたなかろう。あばらの一本や二本折れたって、奴の不幸を超えることはあるまい。

あいにく、というか、幸いというか、周囲には人っ子ひとりおらず、男はたぎる憤怒を胸に、ひとり寂しく歩き続けるしかなかった。

しょぼくれた商店街である。深夜零時を過ぎたばかりなのに、ひかえめな街灯がぽつんとあるだけ。コンビニもなければ自動販売機もない。ただ薄暗く、静まり返っている。商店のシャッターたちは「ここは平和の国。お前のくるところではない」とばかりに男を拒絶する。男の靴音だけが舌打ちのように鳴り響く。

男は孤独であった。記憶にある限りずっとで、もはや孤独を感じることもない。足が止まった。ガラスのはまった格子戸の前である。

店のようだが看板はない。昔ながらの作りゆえ、ガタガタと音がしそうで、忍び込むには厄介だ。男は迷ったものの、戸に手をかけた。思えば、気づかれても良いのだ。騒がれたら殴ればいい。ぶすりと刺す手もある。男の胸ポケットにはわたしが潜んでいるのだから。

わたしはナイフである。ただのナイフではない。万能ナイフである。ナイフのほかに、ドライバー、缶切り、栓抜き、やすり、ハサミ、カッター、虫眼鏡、ペンチ、とげぬき、スプーン、フォーク、方位磁石までが備わっている。

男はわたしを使って缶詰を開け、ものを食い、鍵をこじ開け、窓を割り、人を脅し、傷つけ、方位を確かめつつ生きてきた。長い付き合いだから男の心のうちは手に取るようにわかる。

ぶっ殺す、というのは奴の口癖だが、まだ人を殺したことはない。いつかその時がくるとわたしは心得ている。とどめはわたしが刺すことになるだろう。それは今夜かもしれないし、十年後かもしれない。いつその時がきてもわたしは「なるほど今だったんだな」と納得する。人を殺すことでしか、奴の人生は帳尻が合わない。そうわたしは思っている。

格子戸に鍵はかかっていなかった。

このうちにはろくなものがないと証明された。男は馬鹿にしたように、人差し指で戸を軽く押す。格子戸は軽々とレールをすべった。手入れが行き届いている。掃除はするのに鍵は閉めない。家人はどのような神経の持ち主なのだろう。

男はするりと中に入った。窃盗が目的ではない。煮えたぎる憤怒を晴らすために、器物損壊するも良し、人を傷つけるも良し。思いがけずお宝があれば頂戴し、売り飛ばし、その金で酒でも飲めば、憤怒が減るかもしれぬ。

男は食い物には興味がない。生まれてこのかた、「うまい」と思えたことがない。味の良し悪しがとんとわからない。人がたびたび「うまい」というのは、腹がいっぱいになったことなのだろう、と男は解釈していた。

中は外よりも暗かった。家人は寝ているのだろう。店舗らしき空間は真っ暗である。

男は手探りで奥へと進んだ。小上がりの奥に和室がある。男の目は闇にだいぶ慣れてきた。和室に布団は敷いておらず、おそらく家人は二階で寝ているのだ。和室を抜けると金属製の頑丈な扉があり、特別な鍵が付いていた。

男は顔を近づけて鍵を確かめた。計算機のようなプッシュボタンが付いている。暗証番号を打ち込まねば開かない仕組みだ。しかもそのボタンは押すたびに音がする類である。触れれば即セキュリティーシステムが作動するに違いない。以前、窃盗団に見張りを頼まれた時、そいつらはこれに触れ、おかげで今は檻《おり》の中だ。男はひとり逃走して免れたが、以降実入りは減るばかりである。

さて、どうする?

この扉の向こうには価値あるものが仕舞ってある、と証明されたが、あきらめるしかあるまい。店舗や和室にわずかでも現金があれば頂戴し、家具のひとつやふたつ損壊し、あるいは火をつけ、家人の日常をぶっ壊してやろう、と男は考えた。胸ポケットにいるわたしには、男の心中がはっきりと見える。

和室には茶箪笥がある。引き出しを開けたが暗くて見えない。携帯電話を起動し、引き出しの中を照らす。これは盗んだ携帯電話で、通話もメールもできないが、懐中電灯代わりに使っている。

金は無防備にも一段目にあった。紙幣と硬貨が種類別に整頓されている。家人は几帳面だ。それにしても百円玉がべらぼうに多い。何屋だか知らぬが、ケチな商売をしているようだ。男は紙幣の束をふたつに折ってズボンの右ポケットにねじ込んだ。硬貨はこぼさぬようにつかみ、左ポケットに入れた。つかんでは入れ、つかんでは入れ、夢中になっていると、にい、と妙な音がした。

男は下を見た。丸く光る目がこちらを見ている。猫だ。

蹴飛ばそうとして、ぎくりとした。

薄暗がりに誰か立っている。顔はよく見えないが、青白い足が見えた。贅肉のない引き締まった足首。裸足で、サイズは大きく、若々しい。

男はわたしを胸ポケットから出し、刃を突き出して「騒ぐな」と言った。薄暗がりの影はただぬうぼうとそこに立っている。その位置からすると、店舗にいたのだろう。格子戸を開けるところから見られていたのだ。すでに通報されたかもしれない。

逃げたほうがいい、とわたしは思った。が、男はわたしを突き出したまま、出て行こうとしない。今夜は妙にどっしりと構えている。

落とし前をつけるつもりだ。これまでの人生の落とし前を。

もしも、人の運命を決める神が存在するとしたら、そいつはあまりにも公平さに欠ける。底意地が悪く、陰険ですらある。男の人生は悲しすぎた。男の心は踏みつけられ続け、もはや形もないほどだ。ここで人を刺し、絶命させたら、逆に今までの不幸はその報いだったのだと、思えるかもしれない。塀の中も外も男にとってたいした違いはなかろう。取り調べなんぞ、むしろ贅沢だ。座って良い椅子を差し出されたことなど、男の人生にあっただろうか。

「座れ」と男は命じた。

影はおとなしく正座をした。

携帯の光を当てると、細面の青年がそこにいた。顔はマネキンのように整っている。まぶしくないのだろうか、まっすぐに前を見ている。紺色のシャツに紺色のズボンを穿《は》いている。闇に紛れて見えなかったはずだ。

「お前、店にいたのか」

「はい」

「通報したな」

「通報?」

「俺が入って来たのを見ただろう」

「いいえ」

「見てない？」

「見ていません」

「寝ていたのか」

「いいえ」

「何をしていた」

「本を読んでいました」

「嘘つけ！」

男は苛立った。

「あんな暗闇で本など読めるか！」

「面白い本で、つい夢中になって、夜が更けたことに気づきませんでした」

「黙れ！」

男は一歩前へ出て、わたしを青年の鼻先に突き出す。

「これを見ろ。警察が来る前に息の根を止めてやる」

青年はまばたきもせず、みじろぎもしない。

わたしを突きつけられて平然としている人間は初めてだ。不気味である。男はうろたえ、うろたえたことに腹立たしさを覚え、憤怒が膨れ上がった。

「お前の目は節穴か?」

青年は「そうかもしれません」と言った。

男は馬鹿にされたと思った。世の中のすべてが自分を馬鹿にしている、そう男は思った。

「俺の人生がお前にわかるか」

憤怒があふれ出す。

「よく見ろ!」

男はわたしを握っている手の甲を青年の顔に近づけた。そこには一匹の金魚がいる。

「これが始まりだ。すべてここから始まったんだ。俺は、俺は、俺はあ!」

男は興奮のあまり、呼吸が荒くなった。目の前の青年を殺すと決めたのだ。

実を言うと、男の年齢はたかだか二十《はたち》かそこらだ。目の前の青年よりも若いくらいだが、苦労が過ぎて老け込んでおり、猫背で、白髪も交じり、初老に見える。

暴力をさんざんふるってきた。ふるわれた暴力の数に比べればささやかなものだ。人を殴り、蹴り、傷つけながら生きてきた。その十倍は殴られ、蹴られ、傷つけられてきた。鉄パイプで殴られた時は、三日も意識を失った。目を覚ますと資材置き場に放置されており、片耳の聴力を失っていた。

かく言う男も人を殺すのは初めてのことで、さすがに緊張している。やれ。やってしまえ。わたしの刃で青年の頸動脈を切れ。それで帳尻が合う。そこからお前の人生はやっと始まる。フェアな人生が始まるのだ。

青年はつぶやいた。

「お客様ではないのですね？」

「は？」

男は呆気《あっけ》にとられ、「客？」と問い返す。

「お客様かと思いましたので、通報はしていません」

「本当か？」

「はい」

男はふと、青年の言葉を信じてみる気になった。わたしの刃先を青年の頬にぐっと押しつけ、「扉を開けろ。お宝の入った扉だ」と言った。

暗証番号を入れないと開かない鍵だ。なるほど、ただの殺人ではなく強盗殺人に切り替えたのだ。

青年は落ち着いている。

「扉の向こうにあるものは、わたしのものではありません。大切なあずかりものですので、お渡しできません」

「あずかった金か」

「お金ではありません」

「貴重品か」

「はい」

「お前は質屋か」

「いいえ、あずかりやです」

「あずかりや？」

「はい、一日百円で人さまのものをおあずかりしています」

「貴重品をか」

「はい。あずけるかたにとっての貴重品です」

「どういう意味だ」

「貨幣価値はゼロのものもあります」

「たとえば何だ」

「守秘義務により、申し上げられません」

男は青年の頬に当てたわたしの刃先をわずかに引いた。手入れを怠っているのでスパッとは切れないが、皮膚は傷つき、血が滲んだ。

青年は痛みに眉根を寄せたが、落ち着き払っており、考えを変える気はなさそうだ。

「開けることはできません」

気味が悪い、とわたしは思ったし、男も思った。血は流れているので人間には違いないが、怯えや怒りの感情がない。つまり、人間らしさというか、生々しさがない。さりとて幽霊にも見えない。ゾンビでもない。確かに存在している。それは確かだ。

わたしはこの奇妙な空気を何とかしたくて、猫を捜したが消えてしまった。飼い主を見捨ててさっさと逃げてしまったようだ。まったくもって猫らしい猫だ。わたしもナイフらしく非情な態度を貫こう。

「火をつけるぞ。そしたら全部失うぜ。お宝どころか、隣もお向かいも燃えちまうだろう」

男は脅しをかけたが、青年はきょとんとしている。

「燃えてしまったら、あなたは何を得られますか？」

ピュアな問いかけであった。何のために火をつけるのか、その動機を知りたい、と言うのだ。口調は反抗的ではなく、馬鹿にしているふうでもない。ただまっすぐな問いが投げかけられた。

男は唇を噛み締めた。自分の中の動機を探しているのだ。やがて「スカッとするぜ」とつぶやいた。スカッととは程遠い、気が滅入りそうな声であった。

「あの」

「なんだ」

「さきほど、これが始まりとおっしゃいましたが、これとは何ですか？」

わたしを握っている男の手から力が抜けた。妙な奴だ、と男は呆れていたし、わたしも呆れた。今まさに殺されるかどうかって時に、悠長に質問など繰り出してやがる。知ってどうするというのだ？　もうじき死ぬのに。

男はドスのきいた声で命じた。

「灯りを点けろ」

青年に事態をわからせたかったのだ。見知らぬ男にナイフをつきつけられているという現実を、煌々とした照明のもと、明白にしたかった。

青年は立ち上がり、部屋の隅に行き、スイッチを入れた。

部屋が明るくなると、男ははっと息を呑んだ。

わたしもさすがに気づいた。青年が盲人だと。だから男が忍び込んだのを見ていないし、金魚もナイフも見えていないのだ。

目の見えない青年は青白い照明の下で、姿勢良く立っている。長身だ。ほっそりとした手足、とらえどころのない瞳は空《くう》を見つめており、仏像のようだ。その頬には男が付けた傷があり、そこだけが生々しい。

男はとまどった。わたしを突き出したまま、引っ込めるタイミングを失い、とにかく何か言わねばと思ったようで、「俺の人生が……お前にわかるか」とつぶやいた。すっかり迫力不足だ。正直言えば、男こそ、目が見えない青年の人生をわかっていない。

「お話をうかがいましょう」と青年は言った。

声がしっとりとして、所作が美しい。男は生まれてこのかた、このようなたたずまいの人間に会ったことがなく、混乱しており、わたしを握りしめたまま、ただ突っ立っている。

青年は思い出したように「あ」と言った。

「ハーブをいただいたんです」

「は？」

「フレッシュハーブです。相沢さんが夕方持って来てくれました。アパートのプランターで育てていて、すごく増えてしまったとおっしゃって。ミントとレモングラスをごっそりいただきました」

男は何が何だかわからない。わたしもだ。

「ハーブティーを淹れましょう」

青年は呑気にも台所で湯を沸かし始めた。

男は呆然として、お守りのように両手でわたしを握りしめている。いくらナイフを向けたって、見えていない相手に効力はない。

ハーブティーを淹れるだと？

いまだ嘗《かつ》て触れたことのない言葉だ。男もわたしもただただ面食らっていた。

しゅうしゅうと湯の沸く音が聞こえてくる。

男はその音に聞き入った。豊かな人生を送ったものにも、みじめな人生を送ったものにも、平等に心地よく聞こえる音があるのだという不思議を知った。

青年はたっぷりの草をボウルに入れ、丁寧に水洗いをしている。

あの草が、ハーブとやらか？

相沢さんとやらが育てたフレッシュなハーブか？

男は妙な扉を開けてしまったようだ。異世界の扉だ。そう、ここは異世界だ。

そのような世界の存在をわたしも男も知らなくはなかった。まっとうな人間が営む「日常」というやつだ。それははるか遠くにあり、入るのには入場券が必要で、男は持っておらず、手に入れる術《すべ》もなく、一生そこへは行けないと思っていた。

なのにそこには鍵がかかっていなかった。ただ触れて開ければ、そこにあった。

青年は急須にたっぷりの草を入れると、煮立った湯を注ぎながら、神妙に耳を傾けている。湯をぎりぎりまで注ぐと、すみやかに蓋をした。あざやかな手つきだ。煮立つ音、注ぐ音に注意深く耳を傾けており、やはり目は見えないのだと男は確信した。

急須と湯のみふたつを盆に載せ、青年は部屋に戻った。見えなくても己の家だから自由に動けるようだ。

「お座りください」と言いながら、先に正座をして、「しばらく蒸らします」と言った。

「ガラスのポットがあれば、ハーブのグリーンが美しく見えるのでしょうけど、あいにく目が見えないので、うちには陶器の急須しかありません」

男はとまどうばかりだ。

男の住む世界では、おだやかに話す人間は弱いと決まっている。しかし目の前の物静かな青年は弱者に見えない。男が青年を刺すのは簡単だし、ぼこぼこに殴ることもできるが、踏みつけても一生勝てない、そのような強さを感じる。

「どうぞ」と言われ、男は魔法がかかったように座った。

青年は急須から茶を注ぎ始めた。ふたつの湯のみに少しずつ注いでゆく。

男は相手を信じきることはできない。男の住む世界では、妙な葉っぱを飲まされて、命を失う筋の話は珍しくないのだ。

青年は注ぎ終わると、自分の湯のみで味見をして、「なんとかうまく淹れられました」と微笑んだ。毒は入っていないようだ。

男は無防備にもわたしを畳に置き、湯のみを手にとった。きっとママゴトのような日常に参加してみたくなったのだ。透き通った湯はほんのりと青みがかっている。

飲むのか？

男は恐る恐るハーブティーとやらを口に含んだ。

おい、大丈夫か？

するりと表情がほどけた。そう、ほどけたのだ。

そんな顔ができるのか！

男の脳内には景色が広がっていた。

広い空、まぶしい太陽、どこまでも続く草原。

草いきれの中を少年が駆け回っている。

少年の心はまっさらで、闇を知らない。すべてを信じて、力いっぱい駆け回っている。世界に許されている。世界を許している。心も体も投げ出している。底抜けに自由だ。

少年は男自身だ。

男はそういう風景を見たことがないし、まっさらな心なんて持った記憶がないが、それを今、体験している。わたしにも見えている。男に見えている風景が見えている。あまりにも長く一緒に生きてきたため、男の心はわたしの心であった。

やがて風景は消えた。むさぼるように、もう一口含んだ。すると今度は静かな竹林が目に浮かんだ。風に揺れて葉がこすれる音がする。

「うまい」と男はつぶやいた。

口にしたものを「うまい」と言ったのは初めてだ。煮えたぎる憤怒は抑えられ、静かな心持ちになった男は、ふと話してみる気になった。

「俺の手の甲には金魚がいる」

「手に、金魚ですか？」

男は唇を噛み締めた。うまく話せそうにない。

男の話を腰を据えて聞こうなんていう人間は今までひとりもいなかったし、言葉よりも先に手が出る人生だった。

青年はおだやかな顔で男の言葉を待っている。言葉がつかえても、拳固が飛んでくることはなさそうだ。男は再びハーブティーを口に含み、話し始めた。

「俺は、小学校の門の前で、立っていた。なんでそこにいたのか、ひとりで立っていた。小学生にしては体が小さかったらしい。通りかかった誰かに、交番に連れて行かれた。いろいろ聞かれた。俺は自分の名前が言えなかった。歳も言えなかった。知らなかったんだ。持ち物は半ズボンのポケットにこのナイフがひとつ。栄養状態が悪くて、体格から年齢を割り出せないと言われた。しばらく病院にいて、推定五歳と誰かが決めた。施設に入れられた。金魚のせいで里親は決まらなかった」

「金魚というのは」

「右手の甲に刺青《いれずみ》が入っている。金魚の刺青だ。小学校の前で立っていた時からあった。施設でも学校でも、金魚のせいでのけものにされた。一度漂白剤につけてみたんだが」

「肌がただれませんでしたか」

「ひでえことになった。金魚は無事で、バカを見た」

「刺青を入れた時の記憶は」

「ない」

「痛かったでしょうね」

「泣き叫んだだろうよ。気を失ったかもしれん。やったのが親かどうかもわからねえ」

「親御さんのことは?」

「記憶がない」

「さわってもよろしいですか?」

男はぎくりとした。

そんなことを言われたことはない。第一、触れるのに許可がいるのか? 殴りたいと思ったら殴る。蹴りたかったら蹴る。それが男の住む世界だ。

今夜は初めてのことばかりだし、青年のテンポにも若干馴染んだ。興味も手伝って、えいやっと手を突き出す。岩のようにごつい手だ。切り傷や火傷のあとがあちこちにある手だ。人を殴ってきた手だ。くやしさに握りしめた手だ。その手にひんやりとした白い指が遠慮がちに触れた。

「金魚が見えません」と青年は言った。

そう言われたとたん、金魚が消えた。

男は度肝を抜かれて手を引っ込めた。

青年は残念そうだ。

「刺青は皮膚に凹凸がないのですね。わたしには見えませんでした」

男は目をこらした。金魚はいる。

男はほっとした。「金魚が見えません」の言葉に引きずられて幻覚を見たようだ。漂白剤で消したかった金魚。こいつさえいなければと憎み続けた金魚。なのに消えたと思ったら不安になった。金魚がいる自分にすっかり馴染んでいるのだ。

男はあらためて青年を見た。目が見えないから金魚が見えない。だから男を先入観で判断せず、客だと思ったのだ。外見で判断されないのは、なんと気が楽なことだろう。男は肩の力を抜いた。

「お前はいつも手で見るのか？」

「本も指で読みます」

指で読める本があるのか。暗闇で本を読んでいたというのは、嘘ではなさそうだ。

「何色の金魚ですか？」

男は答えられなかった。実は、息切れしていた。人と長く会話を続けるなんて、初めてのことである。脳がいっぱいいっぱいである。

男が答えないので、青年は色を知るのをあきらめたようだ。

「わたしは子どもの頃に赤い金魚を飼っていたんです。まだ目が見えていた頃で、そのあざやかな赤は今もはっきりと覚えています。視力を失って家に戻ると金魚はいませんでした。あの金魚がどうなったか、いまだに気になるのです」

男は自分の手の甲を見た。赤い金魚がいる。体が成長して当時の鮮やかさは失われたものの、誰の目にもわかる、それが赤い金魚だと。

ふと、妙な考えが頭に浮かんだ。

目の前の青年が幼い頃に飼っていた赤い金魚。その金魚が水槽から飛び出して、自分の手に移り住んだ。

顔がほころぶ。同じ金魚を共有していると思うと、うれしくなった。うれしい、という感情を今初めて知った。

「目印なのでしょうか」と青年は言った。

「いつかどこかで会った時、手を見れば我が子とわかるので、親御さんが目印をつけたのかもしれませんね」

「目印?」

ふいうちだった。

男の目から涙があふれた。とっさに手の甲でぬぐう。金魚が涙で濡れ、今にも泳ぎ出しそうだ。

男の人生は口にするのもおぞましい、辛いことばかりであった。金魚のおかげで差別を受け、まともに生きるチャンスに恵まれず、学ぶ機会を逸した。金魚は男の社会的価値を下げ続け、居場所を奪った。男は会った途端に敬遠された。信じると裏切られた。油断すると利用された。沼に突き落とされ、棒で突かれた。

しかし今はそれを遠い出来事のように男は感じている。

「金魚とナイフが手掛かりですね」

「手掛かり?」

「あなたにそれを授けた人がいたわけですから。ナイフをさわってもいいですか」

男はすんなりとわたしを青年に渡した。そのあとすぐ、しまった、という目をした。凶器を人に渡すなんざ、男の住む世界ではありえないことだ。

かつてわたしは推定五歳の少年から取り上げられ、養護施設のロッカーに保管された。少年が施設を出されるときに、唯一の所持品として戻された。施設で付けられた名前と、少年しか存在しない戸籍を得たものの、それが何になる？　わたしと赤い金魚だけを相棒に、身寄りのない推定十八歳の少年がどうしてまともに生きられよう？　とにもかくにも少年は死なずに生きて、男となった。とはいえ、まだ推定二十歳かそこらで、恵まれた家庭にいれば子ども扱いされる歳である。

男の親は、あれが親と言えるのか、まあひどい奴らだったが、彼らは彼らなりに必死に生きていた。自分らといるよりはマシだろうと、子を捨てた。その際、生きていくのに必要と思い、たいそう真面目な気持ちで、わたしを息子のポケットに入れたのだ。自分の身は自分で守れ、人からは奪え、力ずくで生きろ、そんな思いが万能ナイフという餞別《せんべつ》となった。使えば消える金よりも彼らにとって確かなよりどころであった。

子を捨てる前に小さな手の甲に金魚を彫った。あちらの世界で金魚は「金に困らない」という縁起物だが、青年の言った「目印」の意味もあったかもしれぬ。まあ、そもそもが堅気ではないので、ふつうのものさしでは測れない。推定五歳にはありがた迷惑な餞別をくれたものだ。

青年はわたしを丁寧に開いたり、機能を確かめるように隅々まで触れた。

「刃こぼれしていますね。すぐに直せます。ちょっとお借りしますね」と言って、台所へ行き、なんと砥石でわたしを磨き始めた。

わたしは心地よく研がれた。人間だったら温泉につかって鼻歌でも歌う、そのような心持ちだろう。青年の指先から伝わるやわらかな心。こんなにも大切にあつかわれるのは初めてだ。丁寧に研がれて、刃は鋭くなった。青年がこれでぶすりと男を刺せば滑稽話となるが、まあ、それもよかろう。

温泉によりわたしは生まれ変わった。研ぎ澄まされるほどに、心はおだやかになっていった。青年は研ぎ終えるとわたしの刃を清潔なふきんで拭き、きちんと閉じて、男に返した。

さすが異世界に生きる青年だ。異世界の礼儀を教えてくれる。

男はすぐに開いて刃を確かめた。顔が映るほどに磨きこまれている。男はわたしに見とれ、言葉を失った。生まれ変わったわたしは、男に言いたかった。

もうわたしで人を傷つけるのはよそうぜ、と。

「オルゴールを鳴らしましょうか」

唐突に青年は言い、暗い店舗へと移動した。入り口は開いている。そのまま逃亡し、今度こそ通報するだろう。それでいい、と思ったのか、男は何も言わなかった。青年は逃げなかった。大切そうに箱を抱えて戻ってきた。古めかしい箱である。青年は箱の底にあるネジを巻き、男の前に置くと、「蓋を開けたら音がしますよ」と言った。

「オルゴールを聴いて落ち着いたら、話の続きをお願いしますね」

男は、待たれているのだと気づいた。「俺の人生」の話を待たれているのだと。だから青年はナイフを磨き、オルゴールを聴かせるのだと。

男は「俺の人生」を思った。目の前の蓋を開けると、憤怒と屈辱にまみれた「俺の人生」があふれ出すかもしれない。猛々しい怒りが復活し、目の前の青年を鋭い刃で刺すかもしれない。

それでも男は開けてみたいと思った。金魚がいる手で、おそるおそる蓋を開けた。

ふわりと音が飛び出した。

色とりどりの音だ。はずみながらたくさんの音たちが男を囲む。

ねえ、愉快でしょ、楽しいでしょ、悲しいでしょ、辛いよね、嫌だった、でもまだこれからだよねと、おしゃべりな音たちが男にささやきかける。忘れちゃえ、忘れちゃえ、笑っちゃえ、笑っちゃえ、ふき飛ばせ、ふき飛ばせ、すべてはこれから、明日から、と無邪気な音たちが耳をくすぐる。あはは、うふふ、あはは、うふふとくすぐり続ける。

色とりどりの音たち。賑やかな音たち。くすぐったい音たちだ。

こんな愉快なおしゃべりを聞くのは初めてだ。いつの間にか白い猫が現れ、畳の上でころげ回っている。

言葉など要らない。どんなふうに育ったどんな命にとっても愉快になれる音だ。軽いのに、強い。音の力だ。

男の目からはらはらはらと涙がこぼれた。

今日は「うまい」を覚え、「うれしい」を覚え、たった今「愉快」を知った。

音が鳴り止んだ。青年は待っている。でも男には話すことがなかった。おぞましい過去や怒り。吐くほどあるはずなのに、今はどこに行ったのか、姿が見えない。

しずかな時間が流れた。

やがて青年は口を開いた。

「このオルゴールは売れば六本木にマンションが買えるほどの価値があるそうです」

しん、とした。男はとまどい、どうにか言葉をひねり出した。

「お前はオルゴール屋か？」

「わたしはあずかりやです。一日百円で何でもおあずかりします」

「なぜオルゴールの価値を教えた？」

「大切なかたからおあずかりしたものです。そのかたはお亡くなりになったので、もう取りにはみえません。遺言により五十年の約束であずかりました。奥にしまわずに普通に使ってくれと、それがおあずかりする条件です。本日まで大切におあずかりしてきました。これをあなたに差し上げます」

男は息を呑んだ。

「そのかたとの約束を破ることになりますが、きっとそのかたなら、わかってくださるでしょう。優しいかたでした。このオルゴールはうちにあるものの中で最も貨幣価値があります。それと、茶簞笥には現金があります。たいした額ではありませんが、それもお持ちください。扉の向こうにあるものはお渡しできませんが、それ以外はすべて持って行ってください」

青年は静かに口を閉じた。

男は「俺の人生」をさわりしか話すことができなかったが、「俺の人生」はまるごと青年に届いていたようだ。

男は手を伸ばした。震える手でオルゴールを抱えた。ずっしりとした重みを抱きしめる。今まで手にしたことがない価値ある逸品。これがあれば明日の金を心配しなくて済む。一生楽に暮らせるのだ。心臓の鼓動が激しく鳴り続ける。これが……俺のもの。俺のものなんだ。

鼓動が落ち着いたところで、男は尋ねた。

「あの扉の向こうには何がある？　お前が全身全霊で守っているものは何だ？」

「あずけたかたのお気持ちです」

「俺には学がない。そんなぼんやりした言い方じゃわからん。もう扉を開けろとは言わない。ただ、知りたい。ひとつでいい、例えば何がある？」

「秘密にしていただけますか？」

「ああ」

青年は小声で言った。

「煙草二箱」

「なんだと？」

「最新のあずかりものです」

「嘘つけ」と男は言った。

おだやかな声で、顔は笑っていた。こんな声を出せるのだと、わたしは驚いた。

男は青年を信じていた。あの扉の向こうには二箱の煙草がある。誰かが何かの必要があってあずけた二箱の煙草がある。そのほかにもたくさんのあずかりものがある。誰かがやむにやまれず、あるいは気まぐれに、青年にあずける。それを青年は命懸けで守る。どのあずかりものも分け隔てなく守り抜く。ただそれだけのシンプルでたしかな世界がここにある。

男は自分が抱えているオルゴールを見つめた。

これで人生が一変する。今までの苦難がチャラになる。

いやもう、なっていた。

「あなたに差し上げます」と言われた瞬間、カチリと音がしたのだ。埋め合わされた音だ。この一瞬のために苦い過去があったのだと思えるほどの歓喜が押し寄せ、男の全身を覆い尽くした。過去のすべてが埋め合わされ、フェアとなり、人としての入り口にやっと立てた気がした。

男は納得し、大きく息を吸い、ネジを巻いた。人生を巻き直すかのように、丁寧に巻いた。

そして畳に置き、蓋を開けた。

音が飛び出す。あはは、うふふと、色とりどりの愉快が部屋じゅうに響く。美しい青年の手で巻いても、汚れきった男の手で巻いても、音は変わらない。

男は愉快を身にまとって立ち上がり、ポケットの中の紙幣と硬貨を茶簞笥の引き出しに戻した。分類はできずごちゃまぜになったが、ひとつ残らず戻した。

あはは、うふふと愉快が続く中、男はぽつりと言った。

「玄関には鍵をかけておけ」

わたしと金魚だけを持って男は出て行った。

男はあずかりやに憤怒をあずけた。そして二度と取りに戻ることはなかった。

その後の男の人生はぱっとしなかったものの、おだやかに過ぎた。

生い立ちを承知で雇ってくれた工務店で土木作業員としてそこそこ真面目に働いた。川近くの古いアパートに住み、窓辺でハーブを育て、口の欠けた急須で朝晩ハーブティーを淹れた。休みの日には釣りをして、声を掛け合う友だちもできた。

みな彼を「金魚」と呼んだ。男は「うまい」「うれしい」「愉快」を折にふれ口にした。

ある時、川遊びをしていた男の子が流され、男は助けようとして飛び込み、溺れ死んだ。男の子は無事で、「金魚に助けられた」と人に話した。それ以来、河川敷には花が手向けられるようになった。花と縁のなかった男が、死んで初めて花に囲まれている。

わたしは男の人生に同情しない。人の一生なんてそんなものだろうし、それなりのものだったと評価している。

比べてわたしときたらどうだ。川底に取り残され、錆びついた。やれやれ。

いつかあずかりやに磨いてもらいたいものである。南無三《なむさん》。

太郎パン

　ぼくは生まれたばかり。兄弟たちと肩を並べて棚の上に寝かされている。生まれたてだけど、ここはどこで、なぜここにいるのか、わかっているんだ。生まれて来た意味も理解しているつもりだ。

　ぼくを形作る粒子はずいぶん前から存在していた。だからぼくは生まれる前からこの店のことはわかっていたし、親父のことも知っている。

　ぼく、というか、ぼくらは、生まれて五分もすれば世の中のしくみが理解できる。人間より劇的に寿命が短いから、のみこみが早い。ひょっとすると間違った理解もあるかもしれないが、それに気づくチャンスはなく、この世から消える。順調にゆけば今日中、遅くても明日にはぼくらは消えているはず。

　消えるために生まれてくる。それがぼくらだ。

　ガラス越しに朝日が差し込んでくる。

　制服を着た学生たちや、通勤の大人たちが足早に通り過ぎてゆく。明日も明後日《あさって》も持っている人たち。一年後も十年後も持っている人たちだ。うらやましくはない。

だってぼくらは生まれた瞬間から「なるたけ早く消えたい」と願っているのだから。

朝八時。開店した途端、人が入って来る。

白いトレイを持ち、トングを握りしめ、店内の棚を覗き込む。セーラー服の女の子はメロンパンを選んだ。スーツを着た女性はミックスサンドを選んだ。

そう、ここはパン屋。明日町こんぺいとう商店街にある古い店だ。店名は冴えない。太郎パン。超ダサいよね。親父は先代から引き継いだ店をなんとなーく続けている。体に良さそうな天然酵母に手を出したりしないし、国産小麦にこだわったりもしない。野心の持ち合わせはきれいさっぱりないようだ。

食パン、あんパン、ジャムパン、チョコレートコロネ、コッペパンに調理パン。ほどほどの材料を用いて昔ながらのレシピで作り続けている。「先代の技術を守り抜く」なあんて気負いはなくて、なんとなーくやっている。ぼくにはそう見える。

知ってる？　パン屋の朝はとっても早いんだ。

早朝五時から作業が始まる。親父は前日に仕込んでおいた種を成形し、種類別に焼き上げる。それでもって焼き上がった順に棚に並べてゆく。調理パンは具をこしらえてはさむので、余計に手間がかかる。開店時間に間に合わず、お客さん対応をしながらぼちぼち作る。のんびりしたものだ。

親父は毎朝八時に店を開けるが、ぼくが考えるに、少し遅いのではないかと思う。あと一時間早く店を開ければ、もっと多くの人が出勤途中にパンを買って行くだろう。みんな喜ぶだろうし、店の儲けだって増える。パン屋にとって朝の一時間は午後の三時間に匹敵する稼ぎどきだ。

でもうちの親父は無理をしない。四時に起きるのが面倒なんだと思う。なにせ名前が余裕の裕太郎だからな。

このうちは代々男が生まれると「太郎」を含む名前が付けられる。孝太郎、健太郎、正太郎、裕太郎。おぎゃあと泣いた日から「太郎パンを継ぐしかない」と洗脳するわけだ。

親父には子どもがいるけど、三人とも女の子で、みなそれぞれに夢を持ち、家を出て行った。ひとりは医者になってアメリカに行っちゃった。

奥さんは店を手伝わない。家事もあまりしない。小児病棟の看護師長をしていて、夜勤もあり、医療に従事することを「天職」と公言している。親父はそんな奥さんを誇りに思っている。自分の仕事は天職と思ってるのかな？　そうは見えない。

誰もが仕事を天職と思わなくたっていい。みんながみんな全身全霊で生きていたら、息苦しい。親父が引退した時、この店は終わる。それでいい。

九時を過ぎるとお客は減った。親父はまだのんびりとサンドイッチを作っている。タマゴサンドが売り切れたので、補充するのだ。

十二時になると再びお客が多くなる。

この時間はかき入れどきの第二波で、昼休みに買いに来る人で賑わう。近所で働く人たちだ。補充されたタマゴサンドはすぐに売れてしまった。

ひとりの青年がぼくの前で足を止めた。お向かいの畳屋の息子だ。ぼくをじいっと睨んでいる。やっと選ばれる？　あれれ、トングはとなりの兄弟を選んだ。おめでと、兄弟。

ぽつり、ぽつりと兄弟たちが選ばれてゆく。

ぼくはやきそばパン。あ、また兄弟が消えた。ほらまた消えた。やきそばパンは不動の人気。カロリーが高く、昼ご飯にぴったりだ。おやつ向きじゃないし、夕食にも向かない。融通がきかない存在ではある。今売れないと、あとがない。売れ残ると「廃棄」という悲しい道が待っている。

廃棄とは、廃《すた》れて、棄《す》てられること。惨めで悲しい言葉だ。

それだけは避けたい。パンは食べられるために生まれる。生まれた意味はそこにあるのだから。ぼくは待っている。誰かに選ばれるのを待っている。

汚れた作業服を着た金髪の青年が入って来た。

まゆげは黒いのに、髪だけ金色。トレイもトングも持たず、不機嫌そうに棚を覗いては舌打ちをする。ぼくをちらっと見て、また舌打ちをした。お気に召さないようだ。あちこち睨み回したあげく、耳パンの袋を手にとってレジへ向かった。耳パンというのは、食パンの耳ばかりを集めて袋に入れたものだ。上等なのと普通タイプがある。上等なやつは油で揚げて砂糖を振ってあり、二百円もする。舌打ち野郎が買ったのは普通タイプで、ひと袋三十円。こちらは主婦に人気で、冷凍しておろし金でおろすと、サックサクのパン粉になるらしい。舌打ち野郎は家で料理をするふうには見えないから、たぶん、腹を満たすために買ったのだろう。

舌打ち野郎がレジで作業ズボンのポケットをまさぐり、三十円を探している間に、店のドアが開き、女の人がよちよち歩きの子どもをつれて入って来た。おかあさんがパンを選んでいる間、子どもは店内をうろついている。心配だ。棚に頭をぶつけて泣き出すんじゃないか。パンを素手でつかんでしまうんじゃないか。

子どもは一番低い棚の上にあるジャムの瓶で遊び始めた。積み木とでも思っているのか、上に重ねてゆく。危ないぞ！　さっそく一瓶、棚から落ちた。幸い子どもの足の上には落ちず、割れもしなかった。瓶は孤独に床をころがってゆく。おかあさんはパン選びに夢中で気がつかない。子どもはといえば、もう別の瓶に夢中だ。孤独な瓶は床のまんなかで止まった。横向きになったまま、哀れな姿を晒《さら》している。誰かに蹴飛ばされるかもしれない。棚の下に入り込んだらマズい。発見されないまま賞味期限が切れるかもしれない。哀れだ。哀れないちごジャム！

会計を終えた舌打ち野郎は床の瓶を見つけ、舌打ちをした。

ヤバい、蹴るかも！

なんと、奴は手で拾って元の棚に戻し、店を出て行った。見かけで判断してごめん。

そもそもジャムの心配なんかしている場合か？　ぼくはまだ選ばれず、棚の上だ。

三時過ぎに第三波がやってきた。

幼稚園帰りのおかあさんと子どもたちだ。昔はこういう客が多かったけど、今は少ない。保育園という、夜までやっているところに子どもが集まるのだそうだ。おそらく幼稚園より楽しいところなのだな。

さて、ぼくはこの手の客には期待しない。子どもたちはクリームパンやチョココロネが好きだし、おかあさんたちは明日の朝のために食パンを買って行く。ぼくの前で「欲しいー」と叫んだ子がいたけど、おかあさんは怖い顔をして、「夜ご飯が入らなくなるでしょ」と言った。

「まねぴょんがない」女の子が泣き出した。

まねぴょんというのは明日町こんぺいとう商店街のマスコットキャラクターで、招きうさぎの愛称だ。片手を上げて、片耳が折れている。月一の商店街大安売りの日に、うちの店ではまねぴょんパンを売る。中に白餡が入ったうさぎ顔のパンだ。ちゃんと片耳が折れている。商店街の会長の要請で親父はしかたなく作っている。限定三十個で、あっという間に売り切れる。親父は商売熱心じゃないから、五十個は作らないし、その日しか売らない。

このまねぴょん、かつては着ぐるみが商店街を練り歩いた。ゆるキャラブームの頃で、子どもたちは喜んでいたらしい。

ブームの陰で消えたものがある。チンドン屋だ。チンドン屋を追いやったまねぴょんの着ぐるみも今は見ない。

そしてぼくはまた売れ残った。やきそばパンは残りふたつになった。

第三波が過ぎると、親父はカウンターの向こうで椅子に座り、あくびをした。居眠りタイムに突入だ。おっと、客だ。爺さんがひとり入って来た。

親父は「おう」とつぶやき、爺さんは「よお」と言った。

爺さんと言っても、老人の入り口って感じで、髪は真っ白だがボリュームはあり、背中も曲がっていない。常連みたいだが、くすんでいて目立たない。くたびれたポロシャツを着て、トレイを手に、真剣な目をして棚を覗いている。たいした品数はない。人気のパンは売れてしまっている。それでもたったひとつ残ったカレーパンやクリームパンを選んでゆく。ぼくの前で立ち止まり、じーっと睨んでいたが、惜しくも兄弟を選んだ。おめでと、兄弟。

とうとうやきそばパンはぼくひとつになった。

会計をしながら、親父は言った。

「おふくろさん、どう?」

「まだ息をしてる」と爺さんは言った。

「ヘルパーさんが来てくれているのか?」

「ああ。一時間ほどいてくれるんだ」

「俺、ちょうど今ひと息入れるところなんだけど、お前もどう?」

「おう、いいな」

「珈琲でいいか」

「うん」

親父はカウンターの向こうで湯を沸かし始めた。爺さんは購入したパンの袋をカウンターに置き、席に座った。店にはレジ横に狭いカウンターがあり、買ったパンを食べることができる。珈琲、紅茶、ミルク、ジュースも注文できる。

爺さんはレシートを見て、「珈琲代入ってないぞ。同級生特権か？」と言った。

ええっ？　同級生？

親父、この爺さんと同じ歳なのか！

爺さんと同級生だとしたら、サラリーマンならとっくに定年退職している歳だし、五時起きはキツい。なんとなーくやっていると思ったが、精一杯なのかもしれない。ぼくは親父の近くにいすぎて、年齢に気づけなかった。やはり生後十時間程度の「理解」じゃ世の中を知ったとは言えない。謙虚になろう。

爺さんは言う。

「そういう気遣い、要らんから。この店だってたいへんなんだろ？」

親父は珈琲豆を手動式のミルでゴリ、ゴリ、と挽きながら、「俺が飲む珈琲の出がらしだから、金は取れんよ」と言った。

爺さんは親父の手元を見ながら言う。

「うちに電動式ミルあるぜ。今度持ってきてやろうか」

親父は肩をすくめた。

「電動式は苦手なんだ。うるさくてかなわん」

爺さんはへらっと笑った。

「うちもうるさいから使わなくなったんだ」

店内に豆の香りが漂う。

コクの深い、甘い香りだ。親父は丁寧に淹れた珈琲を真っ白なカップに注ぎ、爺さんの前に置く。自分のぶんは茶しぶがしみ付いたマグカップに注いだ。

爺さんはひとくち飲み、「うーむ」と唸った。目をつぶり、うむ、うむ、と味わっている。相当うまいんだな。親父、いっそ珈琲屋になったらどうだ。

満足そうな爺さんを親父が満足そうに見つめる。

「出がらしの味はどうだ?」

「ああ、まずい。ひじょーにまずいぞ」

言いながら爺さんは照れくさそうな顔をした。親父の気持ちを素直に受け取ることにしたようだ。

「そのパン、ここで食べて行くか?」

「いや、これはおふくろのだから」

「だって……おふくろさんは」

「ああ、もう口からは無理なんだけど、ここのパン好きだったから、帰ったら見せるんだ。ちゃんと見えてるかどうかもあやしいけど、いつもちょっとうれしそうな顔をする。気のせいかもしれんけど、数値もわずかだけどよくなるんだよ。それはホント」

「ほう」

「おふくろに見せて、そのあと俺が食うんだ。言ってみれば、お供えものだ」

「お供えって、縁起でもない。よく言うよ」親父は呆れ顔だ。

爺さんは頰杖をつく。

「俺、最近パンばっか食ってる。パンはいいよな。片手で食べられる。食べながら洗濯機のスイッチ入れられるしな」

ふたりはゆっくりと珈琲を味わっている。

「少し寝て行くか？　奥の部屋で」

「いいさ。こうしてぼーっとしているだけで、疲れが取れる」

「好きなだけぼーっとしてろ」

しずかな時間が流れた。棚にいるぼくたちパンは、ふたりの男を見守っていた。

彼らの中学時代を想像してみる。

勉強はいまいち、スポーツもいまいち、モテない男子ふたりが窓からサッカー部の練習をまぶしそうに眺めながら、放課後を無為に過ごしている。

それって当時としてはサエない日常だっただろうけど、髪が白くなってから振返ると、まぶしい青春だ。

人って、時間を持っている。あり過ぎるから終わりなんてないと思っている。それが若さなのだろう。ぼくらは違う。常に終わりがつきまとう。だから終わり方がとても大事。廃れて棄てられるのだけは勘弁。

「ごめんな」と爺さんは言う。

「なんで謝る？」

「裕太郎のおふくろさんはたしか五十代で亡くなったろ？　うちはもう九十三だしな。贅沢言ってんじゃないよって話だ。誰が聞いたって、ここまで生きてこられて良かったねと、うらやましがられる話だ。けど俺、なんでかな、えっと」

爺さんはささやくように言う。

「その日が来るのが怖くてさ。息をしてるかなって、毎朝不安で」

「そりゃそうだろ。親だからな」

「お前も怖かった？」

「うちのおふくろは突然だったから、怖いと思う暇はなかったよ」

「そんなもんか」

「そんなもんだ」

「俺、お前と違ってさ、親の言うこと何も聞かないで生きてきただろ？　おふくろに心配ばかりかけて、ほとんど口きかなかったし、たまに話すとしたら憎まれ口ばかりだった。勝手に家を出て、勝手に生きてきた」

「それって普通だろ。成人したら家を出るもんだ。うちの娘らだって、誰ひとりここにはいない。こんなボロ屋にいてくれても困るしな。そもそもお前は遊んでいたわけじゃない。ちゃんと働いていたじゃないか」

「結局は事業に失敗して、いい歳して実家にころがり込んだ。だから……」

「だからなんだ」

「今更言いにくいんだけど」

「うん」

「言いにくいし、絶対言わないけど」

「うん」

「言わないけどさ、言いにくいから」

「なんだよ」

「言わないって決めたんだ。おふくろには絶対」

「じゃあ、ここで言え」

爺さんは珈琲カップを見つめた。再びしずかな時間が流れた。親父は諦めたように腕組みをして、目をつぶった。しばらくすると、こくり、こくりと首が傾く。居眠りを始めたようだ。

爺さんはぼそっと言った。

「生きていてくれてありがと」

親父は居眠りを決め込んでいた。爺さんは珈琲を最後の一滴まで飲み干すと、「ごちそーさん」と言って立ち上がった。親父は目を覚まして「ん」と言った。爺さんは袋をぶらさげ、入り口に向かって歩いてゆき、出て行く前にぼくを指差して言った。

「このやきそばパン、なんで福神漬けが載ってるんだ？」

親父はいたずらを咎《とが》められた子どものような顔をした。

「最後のひとつ、紅生姜が足らなくなって、福神漬けで間に合わせたんだ。やっぱ売れ残ったな」

「いい加減だなあ」

「お前はそいつを選ぶかと思ったが、冒険しなかったな」

「当たり前だ。やきそばには紅生姜。福神漬けはカレーだろ」

爺さんは愉快そうに出て行った。ぼくに爆弾情報を投下したことに気づかずに！

ショック……。

ぼくには致命的な欠陥があるってことが判明。たそがれどきにもなって、こんなことを知るなんて。ぼくは普通じゃないんだ。不完全なやきそばパンなんだ。やきそばパンに福神漬けは間違いなんだ。兄弟たちは完全で、だから選ばれた。ぼくは不完全だから、はじかれた。

なんでだ。なんでそんなことしたんだよ、親父！

紅生姜が足らなかったら、最後のひとつを作らなければよかったじゃないか。不完全とわかっていて、なんでぼくを作ったんだ！

作るなよ、くそ親父！

でも……。

もしも親父がぼくを作らなかったら……ぼくは生まれてこなかったわけで……ぼくはそりゃあ完全な姿で生まれたかったけど……選択肢は……不完全なやきそばパンか、存在の無か……二択しかなく……それならば……やはり……存在するほうがいくらかマシなわけで……。

さっきの爺さん、寝たきりの母親に「生きていてくれてありがと」と言った。

親父もぼくに生まれて欲しかったのかな。不完全でも、生まれて欲しかったのかな。

それにしてもだ。たまたまじゃなかった。売れ残るべくしてぼくだけ売れ残ったんだ。しのびよる廃棄の影がハッキリと見えた。

まてよ。のぞみはなくもない。だってこれから第四波がくる。

部活帰りの高校生の集団だ。食欲旺盛だから、夕飯前にぼくのひとつやふたつ、食えるだろう。ぼくは今兄弟を失って、やきそばパンとしては唯一無二の存在になっている。汗くさい腹減り集団が来て、あまりよく見ずに買い、よく考えずに食い、めでたしめでたしとなる可能性がなくもない。味わってくれなくていい。食ってくれれば！

夕方までのぞみは捨てずにいよう。

第四波はあっという間に通り過ぎた。

ぼくはまだ太郎パンの棚にいる。完全においてけぼりだ。

運が悪かった。腹減り集団は想像以上に飢餓状態で、ここに来る前になんと部室でカップ麺を食って来たという。しかもそれがやきそばだったのだ。

くそったれ！

くちびるに青海苔を付けた奴らは怒濤のようにコロッケパンと揚げパンを購入、ぼくには見向きもせずに帰って行った。やれやれだ。

ゴミ箱までのカウントダウンが始まった。

閉店の七時まであと十五分。

親父は店を閉める準備を始めた。わずかに残ったパンを透き通ったポリ袋にまとめ、シール紙に赤マジックで「特価三百円」と書き、それを袋のおもてにぺたりと貼り、棚にぽん、と放置した。それから使用済みのトレイやトングを洗い始めた。

ジャムパン、あんドーナツ、チョココロネと一緒くたにされて、ぼくは袋の底でまんじりともせずに外を見つめていた。日は暮れて、人の流れは朝とは逆方向になった。あの爺さんは今頃ぼくの兄弟を食べているだろう。おふくろさんのそばで食べているのだろう。洗濯機のスイッチを入れながらかもしれない。

一度でいいから外の世界を見たかった。誰かに食べられたかったな。

親父は店を閉めたあと売れ残りを潔く廃棄する。家族に食べさせたり、自分で食べたりしない。なぜだかわからない。パン屋のくせにパンが嫌いなのだろうか。売れ残りはほぼ毎日出るから、棄てることに躊躇はないのかな。

洗い物を終え、床掃除が始まった。その時だ。

上等そうなスーツを着た紳士が入って来た。

棚ががらんとしているのを見て一瞬がっかりした顔をしたが、特価三百円の赤い文字を見て、安堵した顔になり、近づいて来た。気のせいかもしれないけど、袋の底のぼくを見て微笑んだ。袋を手に取り、レジへ行って「カードを使えますか?」と言った。

「うちは現金しか扱ってないんです」と親父は言った。

おい、親父。気が利かねえな。あと十分もしたら廃棄するのだから、差し上げてしまえよ。ジャムパンもあんドーナツもチョココロネも同じ気持ちだと思う。パンにとって食われるのと廃棄では雲泥の差がある。生まれて来た意味を問われるほどの大問題なんだ。

紳士はとまどっていたが、何か思いついたようで、上着の内ポケットに手を入れ、小さな布袋を取り出した。あちこち擦り切れていて、古いお守り袋のようだ。袋をしばっている紐を解き、中にあった五百円玉を大切そうに取り出した。

「やきそばパンなんて何年ぶりかな」と紳士はつぶやいた。

親父はお釣りを渡して「ありがとうございます」と言った。やけにすっきりとした顔をしている。今日は全部売れた。ひとつ残らず売れた。

完売、万歳！

親父が売れ残りを廃棄する理由が、今、わかったような気がする。

自分で食べてしまえば、悔いが残らない。これでよしって思える。自分の手で生み出したパンを自分の手で捨てるなんて、たぶん辛いことだ。傷つくはずだ。ちゃんと傷ついて、一日を終えるんだ。誤魔化さないんだな。

さよなら親父。ぼくを生んでくれてありがとう。達者でな。

店の外に出た。生まれて初めての外。憧れの外界だあ！

ん？

ぎょっとした。

なんなんだ、あれは！

外から見る太郎パンは、なんともはや、とっても情けないたたずまい。モルタルははげているし、看板は錆びているし、ガラスも曇っている。

店の中にいたときは気づかなかった。今思えば、調理室は暗くて煤《すす》けていたし、パンを並べる棚の板もあちこち傷んでいた。同級生の爺さんが「この店だってたいへんなんだろ？」と言ったが、本当に心配になってしまう外観である。それにしても、さびれすぎだ。みすぼらしさの極みだ。こんなのが、ぼくの生誕地？

激しく意気消沈。

こういうことって、人も経験するのかな。あの同級生の爺さん、若い頃は反抗的だったらしいし、いったん家を捨てたんだろ。生まれた家がウザく思えて、出て行ったんだ。でも今はそこへ戻っている。戻った時に実家はどう見えるんだろ。今はウザくないのかな。爺さんは介護で疲れていたけど、不幸そうには見えなかった。

ぼくらは二度と生誕地に戻れない。戻りたくもないや、あんなしけた店。

ぼくは自分を励ますことにした。

未来を見よう。そうさ、未来だ。

身なりの良い紳士に抱えられて、これから豪邸に向かう。勝手な想像だけれど、品の良い紳士は豪邸に住んでいるに違いない。銀の食器にぼくらは盛られるのだ。廃棄とは雲泥の差がある輝かしいラストが待っている。

いいぞ。気分が上がってきた。

るるるる……。

紳士の胸ポケットから電子音がした。彼は立ち止まり、平たい何かを出すと、それを耳に当てた。

「どうした？」

うわ、ひとりでしゃべり始めた。

「今夜はオペラだろう？……そうか、それは残念だったね。……もう帰宅してる？早いな。食事？　わたしはまだだ。ああ、まだ食べてない」

この紳士、大丈夫かしらん。急にだんまりになり、平たい何かを胸ポケットに戻すと、困ったような顔をしてぼくらを見た。

紳士はさらに歩いた。何かを探すように歩いた。やがてこぢんまりとした店の前で足を止めた。そこも古い家だが、うらぶれてはいない。店の中から背の高い青年が出てきて、のれんをはずした。

紳士は尋ねた。

「すみません、ここ、あずかりやさんですか？」

青年は「はい、あずかりやです」と言った。

「よかった。あずかりやさんがあるって聞いたことはあるのですが、来るのは初めてで。あの、もう閉店ですか？」

「どうぞ。まだ大丈夫ですよ」

青年は紳士を店内に招き入れた。

店には小上がりがあった。さびれた太郎パンに比べ、畳は清潔だし、ガラスケースは曇っておらず、全体にしゃきっとしている。紳士は上質そうな革靴を脱いで小上がりに上がると、青年と向き合った。

「一日百円で何でもあずかってもらえると聞いていますが」

「はい、何でもおあずかりします。期日を決めてくだされば、何日でもおあずかりします」

「パンもあずかってもらえますか？」

「パン？」

紳士はぼくらが入っている袋を青年に渡した。青年は目が見えないようで、手で確かめながら、「太郎パンさんのパンですね」と言った。

どうしてわかるのかな？　手が目なのかな。

「はい。今そこで買いました。明日の朝、取りに来ます。何時からやっていますか？」

「うちは七時から開いています」

「よかった。寄ってからでも仕事に間に合う。七時ぴったりに受け取りに来ます」

「わかりました。では百円になります」

紳士はぼろぼろのお守り袋からさっきのお釣りの百円玉をひとつ出して、青年に渡した。

「明日じゅうに取りにみえなかった場合は、こちらで処分させていただくことになりますが、よろしいですか？」と青年は言った。

処分！　廃棄のことだ。

嫌だ。廃棄は嫌だ。ついさっきそれを免れたと思ったのに！

どうしてだ。どうして紳士はぼくらをここにあずける？　豪邸に連れて行ってくれよ。銀の食器に載っけてくれよ！

「明日必ず取りに来ますから」と紳士は言った。

「食べものを捨てるなんてことをしたら、バチが当たります。わたしはばあちゃん子だったから、そういうのはできないんです」

紳士はお守り袋を大切そうにポケットにしまった。

「現金を使うのは久しぶりです。やはり小銭入れは持ち歩かないとダメですね。実は祖母が昔作ってくれたお守り袋のおかげで、このパンが買えました。まだ子どもだったわたしに、困った時のためにって、五百円玉入りのお守り袋をくれたんです。五百円玉って、当時はまだ珍しくて、うれしかったなあ」

「初代の五百円玉は白銅製でしたね。デザインが素朴で」

「コインに詳しいですね。今は何で作られているのですか」

「ニッケルです」

「太郎パンさんは違いに気づいてくれたかなあ」

親父は気づいてないな。五百円玉は五百円、と思うだけだ。

「こんな歳になって亡くなった祖母に助けられるなんて」

紳士は照れくさそうだ。四十を少し過ぎたくらいに見える。

「そんなに大切なお金で買ったパンなのですか？」

「今夜の晩飯にと買ったんですが、急に今日食べるわけにいかなくなって」

「持ち帰ることもできないのですか？」

紳士は微笑んだ。

「わたしの妻はすばらしい女性なんです。栄養学を学んで、いつも心を込めて料理をしてくれます。わたしの体を気遣ってくれて、野菜は有機栽培のもの、産地にもこだわりますし、パンはたしか……天然なんとか」

「天然酵母ですか？」

「そうそれを使って、あとですね、国産なんとかで、うちで焼くのです」

なんとかなんとかって、全然覚えてないじゃん。このひと、本当に奥さんの料理がありがたいのかな？

「お幸せですね」

「ええ、幸せです。どの料理もおいしいし、健康を維持できているのも妻のおかげです。感謝しています。その妻が今日は友だちとオペラを観に行くと言うのです。珍しいことなんです。彼女がわたしの食事を気にしてくれたので、わたしは会社の同僚と食べてくると言いました。嘘ではなく、そうするつもりだったのですが、同僚の都合がつかず、ひとりで食べることになりました。そこで、この商店街に来てみたのです」

「明日町こんぺいとう商店街をご存知だったのですか？」

「学生時代にこの近くに住んでいたんです。金がなくて、よく商店街の入り口の屋台でおでんを食べたり、太郎パンで閉店間際のセール品を買ったりしていたんですよ。二十年ぶりに来たら屋台はなくて、太郎パンは残っていました。これはセール品で、最後の一袋なんですよ。久しぶりの味だし、ひとりでうちで食べるのなんて結婚以来初めてで、妙にワクワクしましてね。若返ったような気分でした。でもさっき妻から電話があって、コンサートホールの電気系統の不具合とかで、上演中止になって、今はもう家にいて、料理を作って待っているというのです。これを持って帰ったら、たぶん……」

「捨てられてしまいますか」

「ええ、捨てると思います。妻は廃棄に対して潔いのです。このパンは天然なんかではないし、特にこの、やきそばパンが問題です」

「やきそばパンが入っているんですね」

「ええ、炭水化物に炭水化物をはさむなんて、栄養学的には信じられない、と以前話していました」

「おいしいですけどね」

「食べたことありますか？」

「太郎パンさんのやきそばパンは味が濃くて、紅生姜が効いていて、好きですよ」

紳士は声をひそめた。

「それが、ですね。びっくりしたのですが、このやきそばパン、福神漬けが添えてあるのです。買う前に気づいて、びっくりしました」

「福神漬けですか」

「昔はたしか紅生姜でした。レシピを変えたのでしょうか」

「わたしはひと月ほど前に食べましたが紅生姜でしたよ」

「残りひとつなので、ほかのもそうなのか、これだけなのか、確かめようもないのですが。おいしいですかね？　福神漬けとやきそば」

青年は首を傾げた。

「謎ですね」

「とにかくこれは捨てられたら困ります。明日は妻にモーニングミーティングがあると言って朝食を食べずに家を出て、七時きっかりにこちらで袋を受け取ります。近くに公園がありましたよね。当時はあったのですが」

「明日町公園があります」

「じゃ、そこで食べてから、出勤しよう」

青年は遠慮がちに言った。

「もし良かったら、ここで召し上がってくださっても」

「いいんですか？」

「ええ、開店してすぐにはお客様はほとんどいません。お茶をご用意いたします。あ、パンだから珈琲がよろしいですか」

「やきそばだから日本茶も合いますね。すごいなあ、やきそばパンは。個性が強いのに、飲み物を選ばない」

「そういえばそうですね。すごいです、やきそばパン」

妙なところで褒められた。

「ご迷惑おかけしますね」

「いいえ、福神漬けのやきそばパンなんて、わたしも気になるので、感想をぜひ明日教えてください。あずかるにあたって、お名前を伺う決まりになっておりますが」

「吉住守です」

「吉住守さん、明朝七時にお茶をご用意してお待ちしています」

紳士はうれしそうに立ち上がり、靴を履いた。出て行こうとして、振り返った。

「もしよかったら、一緒に食べてくれませんか？」

「わたしが？」

「ええ、やきそばパンのほかに、ジャムパン、あんドーナツ、チョココロネが入っています。ひとりで全部はちょっと。手伝っていただけますか？」

青年は微笑んだ。

「捨てるのが本当に苦手なんですね」

「さっきも言いましたが、ばあちゃん子なんです。両親は共働きだったので、近所の長屋に住む祖母に育てられたんです。もったいない精神を叩き込まれました」

「では遠慮なく、ご相伴にあずかります。奥様がお待ちでしょう。お気をつけてお帰りください」

青年は吉住守を見送った。

命が一日延びた。

ぼくらにとってそれはうれしいことではない。少しでも早く食べてもらう。それがベスト。命が延びれば延びるほど、風味や食感が落ちる。

最期に「うまい」と思ってもらえる、それがぼくらの願いなんだ。

青年はバイトではなく、あずかりやの店主のようだ。ぼくらを文机《ふづくえ》の上に置くと、畳の拭き掃除を始めた。親父は店の床をテキトーに掃除するが、あずかりやの店主は端から端まで丁寧に拭き上げる。かなり清潔好きで真面目人間のようだ。

戸締りを終えると、店主はぼくらをキッチンの棚に置いた。ひんやりとした場所だ。ここならば劣化は遅らせられる。ありがとう。

店主は目が見えないのに器用に料理をして、ひとりぶんの夕飯を作った。大根の味噌汁、鯖の塩焼き、里芋と人参の煮付けだ。食事の間、音楽が流れていた。台詞のない音楽だ。太郎パンの親父はラジオで演歌や野球中継を聴きながら仕事をしていた。あずかりやはだからひどく静かに思える。

この家は清潔で一点の曇りもない。正しい家だ。そこが少し寂しい。

生きていれば、汚れたりほころびたりするものだろ?

太郎パンで作られた仲間たちはそのほとんどが最期に外の世界を知る。みな、どんな世界を見て、消えて行ったのだろう。

豪邸で銀の食器に盛られる夢は消えた。ゴミ箱行きは免れた。残念だしラッキーだし、いろんな気持ちがぼくの中に生まれた。外界はぼくに教えてくれる。いいこともあれば、嫌なこともあるさって。

ともあれ、明朝七時、食べてもらえることは約束された。少し味は落ちるだろうが、「うまい」と言ってもらいたい。「うまい」は無理かもしれないが、せめて残さずに食べてもらえたら。日本茶と合うかな。

ぼくらを待っているささやかな明日をあれこれと想像しながら夜を過ごした。

迂闊《うかつ》だった。

まさか吉住守が現れないとは、予想だにしなかった。

店主は約束の七時より少し前に、小上がりの中央に文机を移動し、白い大きめの皿を置き、ぼくらをその上に並べた。日本茶を用意し、吉住守を待った。あずかりやは七時開店なので、のれんを掲げた。十分過ぎても現れないので、店主はぼくらにラップをかけ、乾燥を防いでくれた。

はじめは、ちょっと遅れているんだな、くらいな気持ちでいた。二十分、三十分と過ぎるうちに、吉住守は勤め人のようだし、今からここへ顔を出したら会社に遅刻しちゃうだろうし、もう来ないかもしれないと思い始めた。

店主はぼくらを載せた文机を小上がりのはじに寄せた。

のぞみは完全にゼロではない。朝は来られないけど、昼休みに食べに来るとか、そういうこともあるかなって、思う。だからまあ、絶望はしていない。店主は朝食を摂らずに吉住守を待ってくれていたから、さぞかし腹が減っただろうと、気の毒になった。

あずかりやは太郎パンほどではないけれど、そこそこお客がやってきた。

午前中に訪れたのは婆さんだ。派手な服を着た猫背の婆さんが台車に段ボール箱を載っけてやってきた。ひとり暮らしで、行き来する親戚もいない。死んだあとのことを考えて、身辺整理をしていると言う。

「お隣さんが断捨離にハマってて、どんどん捨ててゆくのよ。部屋が広くなって、気持ちいいわよって、すがすがしい顔をしてね。わたしのうちを覗いて、ものであふれてるって、呆れてた。ものへの執着をやめなさいと叱られちゃったわ」

婆さんはため息をつく。

「彼女と話していると、自分がごうつくばりの嫌な婆さんに思えてきてね」

「ごうつくばりだなんて」

店主はなだめるが、婆さんは首を横に振る。

「ごうつくばりですよ。彼女が言うには、ものが捨てられない人間はものに支配されているんですって。支配されるなんて、嫌ですよ。そこでわたしも一念発起。断捨離をやってみようと、思い立ったんですよ。彼女が言うには、まずはね、捨てられるものから捨てるんですって」

婆さんは「彼女が言うには」って二度も言った。ものに支配されているんじゃなくて、お隣さんに支配されているみたい。

「でもねえ、言われてから一ヶ月経っても、何も捨てられないんですよ。何をぐずぐずしてるのって、また彼女に叱られたわ。わたし、ゴミを溜めているわけではないんです。うちはものであふれていますけど、それはゴミではないんです」

「それはそうでしょう」

「じゃあどうしたらいいかと、考えました。丸一日考えましたよ。ひょっとしたら、方法に問題があるのかしらって気づいたんです」

「方法と言いますと？」

「彼女が教えてくれた、捨てられるものから捨てるという方法が、わたしには合わないのじゃないかしらと、そう思ったものだから、頭を切り替えたんです。まずはね、最も大切で、死ぬまで抱えていたいものを選ぶことにしたの」

「なるほど。ダメなものを選ぶのではなく、すばらしいものを選ぶ。そのほうがたしかに、取り掛かりやすいですね」

「あら、褒めてくれるの？」婆さんはうれしそうだ。

今日持って来たのは最も大切なものだと言う。これをあずけている間に、次に大切なものを選び、またあずけに来るという。大切なものをあずける。それを繰り返せば、最後に大切ではないものだけが残り、それを捨てることができるだろう、というわけだ。

「大切なものを選ぶのは、とっても楽しい作業なの」

婆さんはにこにこ顔だ。段ボール箱に入っているのは、古い映画の台本だという。

「全部台本なんですか」

「ぜーんぶ台本です。わたしは十五の頃からお芝居をしていたのよ」

「女優さんなんですね」

「一応ね。映画スターに憧れて、撮影所のオーディションを受けて、実際に映画に出たこともあるんですよ」

「すごいですね。何という映画ですか？」

婆さんはタイトルをいくつか挙げた。店主はそのうちふたつを「タイトルはわかります。原作の小説を読んだことがあります」と言った。

「古い映画ですよ。しかも小さな役ばかり。主人公が旅の途中で立ち寄る港の食堂の店員とか、交通事故で亡くなった被害者の家族で、遺体に寄り添って泣き崩れる役とか。死体の役は五回もやりました。セリフはあったりなかったりです。台本をもらえない時もありました。スタッフに頼んで手に入れたり、無理な時はお借りして書き写したりして、全員のセリフを覚えました」

「役者さんは、全員のセリフを覚えなくちゃいけないのですか？」

「そんなことをするのは、わたしのようにセリフが少ない役者です。もし出演者が病気や怪我で現場に来られなくなったら、代役を務めようと、準備していたのです。代役と言っても、リハーサルの代役ですけどね」

「リハーサルがあるんですね」

「リハーサルの前に本読みというのもあって、机に座って台本をもとに、みんなでセリフ合わせをするのです。セリフの確認です。出演者の代理で読むこともありました。そういう時も台本はもらえます。それからリハーサルをします。動きをつけて、立ち稽古です。そのあと、セットの中でのリハーサルもあって、演出が固まると、カメラリハーサルがあって」

「お芝居ってたいへんなんですね」

「舞台はまた別ですよ。カメリハはないけど、映像と違って、本番はやり直しが利かないから、稽古を繰り返しやります」

「映像と舞台、どちらがお好きですか」

「ずっと映画スターに憧れていました。夢ですね、夢。スターにはなれなかったけど、映画は憧れの存在です。でもね、やりがいを感じるのは舞台です」

「お客さんが目の前にいるからですか？」

「それもそうですけど、同じセリフを何度も言えるからです。映像では、本番でOKが出たらそれきりセリフとさようなら。でも、舞台は何度も本番があります。覚えて慈しんだセリフを明日も明後日も言える。言い方を毎回変えられるし、どれが正解かわからない。そこがね、好きなんですよ」

段ボール箱に詰まった婆さんの人生。夢を目指した人間の足跡。なんだかすごく貴重なものに思えてくる。

「こちらの台本を何日おあずかりしますか」

「そうね、一ヶ月にしようかしら。断捨離にはそれくらい時間がかかりそうだから。絶対に取りに来ますよ。お宝ですからね」

「承知しました。三千円になります」

婆さんは三千円を払い、「紫みどり」と名乗った。芸名だそうだ。本名よりも自分らしい気がするから、と彼女は言った。「近いうちに次に大切なものを持ってくるわ」と言って、出て行った。

ぼくは思った。

婆さんは大切なものをまたここに持ってくる。何度も持ってくる。自分の人生を振り返り、大切なものだらけだと、気づく日々が続くのだ。

結局婆さんは何ひとつ捨てられないんじゃなかろうか。

あずけたものを全部持ち帰って、お隣さんに「だめねえ」って言われるんじゃないだろうか。

断捨離できない婆さんの人生は、豊かなものだったんじゃないかと、ぼくは思う。精一杯生きて来た過去を今も慈しんでいるのなら、ものに埋もれたまま死を迎えたって、よいのではないか。そんなふうにぼくは思った。

あずかりやにあって太郎パンにないもの、それは昼休みである。朝七時にかけられたのれんは、十一時にはおろされた。

十一時を過ぎてすぐ、りんりんと、重たい音がした。黒電話の音だ。太郎パンにもある、黒くて古い電話。店主はあわてて奥へ行き、おっかなびっくりしゃべっていた。よく聞こえなかったけど、知り合いのようで、「今どこ？　わかった、すぐ行く」と言い、あわただしく戸締りをし、白杖《はくじょう》を手にして出て行った。

ぼくらは文机に放置された。

鍵、かけられちゃった。吉住守がぼくらを食べに来ても、入れない。ひどくぐんにゃりとした気持ちになった。

まずくなる。ぼくらはどんどんまずくなる。

気の遠くなるほどの時間が過ぎた。嫌な時間だった。とうとう吉住守は現れなかった。

三時少し前に店主は戻ってきて、のれんをかけた。店主の白い頬は紅潮していて、すがすがしい生気が全身からみなぎっていた。うまい飯でも食って、生き返ったのかもしれない。朝飯抜きだったからな。

ぽつりぽつりぽつりと客が来た。ぼくらは文机に放置されたままであった。おそらく店主はぼくらのことを忘れちまったのだろう。

だめになる。ぼくらはどんどんだめになる。

ひとりの女性が白い封筒を差し出した。

「大切な写真なんです」

台本をあずけた婆さんの半分も生きていない、三十に届くかどうかの若い女性だ。

店主は封筒を受け取った。

「いつまでおあずかりしますか?」

「一年」

「承知しました」

女性は三万六千五百円を払い、名前を言った。手続きは済んだが、なかなか腰を上げず、どうにも名残惜しそうで、「もう一度見たい。目に焼き付けたい」と言う。

店主は封筒を女性に返した。女性は中から一枚の写真を出した。

まねぴょんだ！

着ぐるみのまねぴょんを真ん中にして、左に女性が、右に男性が写っている。

「好きだった人との2ショット写真なんです」と女性は言った。

まねぴょんをはさんでの3ショットなのだけど、彼女にとっては2ショットなのだろうし、目の見えない店主にそう思って欲しいのかもしれない。

「沖縄に行ったんです。彼、あんまり写真とか好きじゃないんだけど、一緒に撮ろうって、わたしから誘って、写ってもらったんです」

沖縄ではないよ。明日町こんぺいとう商店街だよ。

「撮り終わって写真を見たら、彼、笑ってくれていて。それがすごくうれしかった」

それは事実。男性はさわやかな笑顔だ。

「この写真、ずっと部屋に飾っておいたんです」

まねぴょんがいるのだから五年くらい前の写真だな。

「今は全然連絡取り合ってないけど、ここにあずけたら再会できるような気がして」

「どうしてそう思うのですか」

「友だちに教えてもらったんです。あずかりやさんに好きな人の写真をあずけたら、恋が成就するって」

縁結び神社かよ！　店主はツッコミを入れず、黙って聞いている。

「彼に再会できたらこれを取りにきます。一年で会えなかったら、ふんぎりをつけて前に進みます」

女性は大切な写真が入った封筒を店主にあずけて、出て行った。

彼女の背中を見て、ぼくは思った。ふんぎりはもうついているんじゃないかな。

彼女の話には嘘と真実があった。真実とは彼女の思いだ。彼を好きだという思いと、前を向こうという思い。その真実を確かめるために、あずけたのだろう。

パンをおいしくするためには少しの塩が必要だ。ちょびっと過ぎてもいけない。たとえば食パン一斤ぶんに、塩は小さじすりきり一杯は必要だ。生地を引き締め、発酵を調整する力がある。もちろん味的にも重要で、甘みを引き出す。

おいしいパンに少しの塩が必要なように、前に進むために、彼女には少しの嘘が必要だったんだ。

暗くなって、もうじき閉店という時間に、もうひとり女性がやってきた。色の白いふっくらとした女性で、小型の犬を抱いていた。犬も白くて、真っ白で、耳の毛がおかっぱみたいに切りそろえられていて、小刻みに震えている。怖くてたまらなくて、飼い主にしがみついている、そんなふうに見えた。

犬をあずける人もいるのだ。

女性はうつむいたまま、小さめのノートを差し出した。

店主は受け取った。ノートは二冊ある。

「いつまでおあずかりしますか？」と店主は言った。

女性は「一年」と言った。

そして一年分のあずかり賃を払った。ノートは何だろう？　犬の取扱説明書かしらん。

「お名前は？」

店主の問いに、女性は「書いてあります」と言って、犬を抱きしめたまま逃げるように出て行った。あれれ？　犬を置いていかないのか？

「あぶない！」

外で悲鳴のような声が聞こえ、そのあとすぐのれんをくぐって、ひとりのおばさんが現れた。

「ちょっと何、今の人！　前も見ずにあぶないったら」

おばさんは大きな鍋を抱え、ぷりぷりしている。

「相沢さん」と店主が言った。知り合いらしい。

相沢さんは重たそうな鍋をよっこらしょと小上がりに置くと、畳の中央に置かれた二冊のノートを見て、「あら、母子手帳じゃない。さっきの人の忘れ物？」とつぶやいた。

店主は「あずかりものです」と言った。

そうか、さっきの人はノートをあずけに来たのか。母子手帳という名のノートを。

相沢さんは意外だという顔をした。

「こんな大切なものをあずけてしまう人もいるのね」

「申し訳ありませんが、名前が書いてあったら、読んでいただけますか？」

「西浜あかりさん」

「ありがとうございます」

店主は母子手帳を奥へしまいに行き、すぐに戻ってきた。

「今日はどんな本ですか？」と店主は言った。

「ごめんなさい、今日は本じゃないのよ」

相沢さんは大きな鍋の蓋を開けた。開けたって店主には見えないのに。

「いい匂い。おでんですね」

店主の顔はほころんだ。そうか、匂いでわかるんだ。

「作りすぎてしまったの。ひとりで食べきれない。半分もらってくれないかしら。おでん好き？」

「大好きです」

店主はうれしそうだ。

「良かった。好みがわからないから、鍋ごと全部持って来ちゃった。好きな具を言ってくれたら、取り分けるわ。お皿か鍋ある？　それと、おたま持って来て。あら？何それ」

「え？」

「そこのパン」

「は？」

「文机の上のパンよ。まさかそれ、あなたのお夕飯？」

店主はシマッタ、という顔をした。やはりぼくらのことを忘れていたのだ。お昼に電話がかかってきて飛び出して行ってから、すっかりぼくらのことを忘れてしまったんだ。几帳面なのにな。電話でかなり動揺したんだな。お昼休みに何があったんだろう？

「あずかりものなんです」

「パンをあずかったの？」

「はい。昨夜あずかりました。今朝ここでこのパンを食べるとおっしゃったのに、お見えにならなくて」

ボンボンボンボンボンボンボーン！

絶妙なタイミングで柱時計が鳴り始めた。七回鳴った。「あずかり期限終了だ！」と叫んでいるみたいに。

「じゃあこれはもう桐島さんのパンね」

「はあ」

店主は浮かない返事をした。

こんなうまそうなおでんを前に、「桐島さんのパン」と言われたって、そりゃあ萎えるよな。どちらにしろ廃棄だ。ゴミ箱行きだ。昨日太郎パンで廃棄されるはずだったぼくら。場所があずかりやに変わっただけさ。

作りたてを食べるのがベストのパン。翌日のもう夜だし、常温放置だったし、まあ、腐ってはいないけど、味も食感もガタ落ちどころじゃない、ガタガタガタ落ちである。

それでも、廃棄が一日延びたことに意味があるとぼくは思う。

太郎パン以外の世界を見ることができた。断捨離できない婆さんの大切な過去を知ることができた。まねぴょんとの3ショットの写真をあずけた女性のひとつまみの嘘を知ることができた。母子手帳をあずけた人のいきさつはわからないままだけど、きっと何か事情があるんだ。

太郎パンの中だけしか知らずに消えるのより、ずっといい。

店主は文机に近づき、ぼくらが載った皿に触れた。ぐずぐずと片付けずにいる。忘れててごめん、と思っているのかな。

捨てられる食べ物を気の毒に思ってくれる人間なんて、いるのかな。吉住守のばあちゃんは「食べ物を捨てるとバチが当たるよ」と孫に言いきかせた。でも結局あんたの孫はぼくらを見捨てたよ。廃棄の実行犯になるのは店主だけど、責任は吉住守にある。

店主よ、罪悪感を持つな。心置きなく捨てたまえ。

さあ、さっさと捨ててくれたまえ！

相沢さんは言った。

「まさか捨てたりしないでしょうね」


相沢さんは救世主だ。

彼女の発案で、ぼくらはふたりに食べてもらえることになった。

あずかりやの奥の座敷。床の間には黒電話と、こぶりの盆栽が置いてある。ひょろっとした枝に白やピンクの花の蕾《つぼみ》がついていて、ひとつ、白いのだけが開花している。

丸い座卓の中央には温め直されたおでんが置かれ、おでんとパンという奇妙な食い合わせの食事が始まった。

ジャムパン、あんドーナツ、チョココロネ、そしてぼくは、よく切れる包丁でまっぷたつに分けられた。「全部を味見したい」という相沢さんの要求を呑み、店主は慎重に切り分けた。チョココロネを縦にふたつに切るのは無理で、しっぽのほうと頭のほうで、クリームの量は不公平だけど、甘いものに目がない相沢さんが頭のほうを選んだ。ぼくは単純に、腹を切るようにふたつにされた。福神漬けも等分に入っている。

ふたりは声をそろえて「いただきます」と言った。ふたりともまずはおでんから食べ始めた。大根を「うまいです」と言いながら頬張る店主を相沢さんはにこにこしながら見つめている。

「たまにはこういうのもいいわね」

相沢さんはうれしそうだ。

「わたしはもとから家族がいないし、いつもひとりでアパートでごはんを食べていて、別に寂しいとも思いませんけどね。カレーとかおでんとか、どうしても作りすぎちゃうの。カレーは冷凍するけど、おでんはそうもいかない。そこでふと、桐島さんの顔が浮かんで」

「ありがとうございます。おでんはひとりだと余るので、作るのをあきらめていました」

「やはりそうよね。捨てるのは嫌よね」

「ええ」

そうなんだ。捨てるのは嫌なんだ。ふたりのうちふたりが嫌だという。なのに人間はなぜ食い物を捨てるのだろう。

「食べ物に限らず、捨てる時は負けたって思うわ」と相沢さんは言う。

へえ～。

相沢さんは捨てるのを敗北と思っている。断捨離する人間は負け犬ってこと？

元女優の婆さんのお隣さん、負け犬なのか？

「ずうずうしく家の中に上がり込んで食べるつもりはなかったんですよ。ただ、もらってくれればと思ったものだから」

おっと話は変わってしまった。

「わたしもいつもひとりなので、楽しいです」と店主は言う。

「あら、桐島さんはお若いから、いつもひとりじゃないでしょう？」

相沢さんはちくわぶにからしを塗りつけながら、意味ありげに微笑む。

「お昼に駅前の喫茶店で、とっても綺麗なお嬢さんと食事してたじゃないですか」

店主は大根を口に含んだまま、照れくさそうな顔をした。

電話がかかってあわてて出て行った。綺麗なお嬢さんからの電話だったんだ！

「実はね」

相沢さんはいたずらっぽい目をした。

「ここにそのお嬢さんが来てるかなって、ちょっと思ったものだから。だったら、何かおいしいものでも差し入れしたいと思ったの」

店主は呆れたように「それでいらしたのですか」と言った。

「点字本を持たずにいらしたので、どういう風の吹きまわしかと思いました」

「わたしは点字本製造機じゃありません」と相沢さんは笑った。

相沢さんは店主と綺麗なお嬢さんの関係が知りたくて、おでんを持ってきたのだ。

「差し入れがおでんじゃおかしいかしら」

「おいしいですよ。大根も、つみれも」

「たくさん食べてね」と相沢さんは言った。

見えない店主のために、相沢さんはおでんの具を説明した。店主は好き嫌いはないらしく、相沢さんがよそうものを何でも食べた。

ふたりはどういう間柄なんだろ? こうして一緒に食べるのは初めてみたいだし、それほどなれなれしくもない。お互いにさりげなく気遣い合っている。息苦しいほどではなく、思い合っている。親父と爺さんみたい。あのふたりは同級生だった。相沢さんは店主よりかなり年上だ。

「桐島さんたち、カレー食べてたでしょう？　あんな素敵なお嬢さんとのデートに喫茶店のカレーはないんじゃないかしら」

「デートじゃないです。高校時代の友人で、たまたま東京に出てきたというので、ひさしぶりに会っただけです」

「だとしても、これからどうなるかわからないじゃないですか」

「どうにもなりませんよ」

「桐島さん、わかってる？　あなたかなり男前ですよ。見せてあげたいくらい。自分ではわからないでしょうけど」

店主はだまってはんぺんを食べている。男前だと知ってます、とも言えないだろう。

「だからね、恋人のひとりやふたりいて当然だし、今日の人、すごくお似合いだったわ」

「彼女は結婚しています」

「あら」

相沢さんは唇を嚙み締めた。ひどく残念そうだ。

店主の恋愛を望んでいるなんて、親戚のおばさんみたいだ。相沢さんは話を変えようとしてジャムパンをかじり、「パンをあずけていくお客もいるのね」とつぶやいた。

「相沢さんは太郎パンで買ったことないんですか?」

「しょっちゅう買うわよ」

そうなんだ。まいどありがとう。

「しょっちゅう買うのに、味見したいんですか」

「あら、味は変わるじゃない」と相沢さんは言う。

「太郎パンさんって、いつも変わらない味だと思いますが」と店主は言う。

店主の意見に一票。親父はきわめて保守的なんだ。塩の量ひとつ変えないぜ。ぼくに福神漬けを入れたのは太郎パンの歴史において画期的なことなんだ。そう、ぼくは太郎パン史上初の画期的なできそこないパンなのである。

「味は変わるわよ」

相沢さんはきっぱりと言う。

「焼きたてのパンと一日経ったパンは違う。焼きたてが一番とか、時間が経つほど味が落ちるとか、そういうことではないの。ただ、違うの」

店主は神妙に耳を傾けている。

「うちでひとりで食べるパンと、こうして桐島さんと一日経ったパンをふたつに分けて食べるのは、大違い」

ぼくはしずかに驚いていた。

時間経過だけじゃなくて、シチュエーションによって、味は変わるのか。レシピなんて変えなくても、パンはひとつひとつ違うのか。食べる人によっても変わるし、気分によっても変わるんだ。

だから親父は変えないのかもしれない。レシピも店も。変える必要がないんだ。

相沢さんは言う。

「お昼に食べたカレーライス、いつもと違っていたんじゃない？」

店主はなんともいえない顔をした。

ぼくは思い出した。

昼休みが終わって店に戻った時、店主は頬を紅潮させて、生き生きとしていた。命がみなぎり、輝いていた。

店主はその綺麗なお嬢さん、おっと、人妻を大切に思っている。それは間違いない。

大切な人との食事は塩以上の効果をもたらす。ひょっとしたら「味がわからない」

方面に変わるかもしれない。それもまた、食事の醍醐味なのかもしれない。

相沢さんはぼくを手にして、言った。

「なぜ取りに来なかったのかしらね」

店主は何のことかわからず、言葉に詰まった。

「パンをあずけた人ですよ」

相沢さんはしみじみとぼくを見る。

店主は言った。

「取りに来ないかもと思っていました」

え？　疑ってたの？

ぼくは吉住守を信じていたぜ。絶対絶対食べに来るって。店主ははじめから疑っていたのか。疑っていながら、お茶を用意して待っていたのか。

店主は言う。

「とても誠実そうなかただったので、嘘はつけないだろうと思ったんです」

「嘘？」

「ええ、その人が今朝ここに来るには、ひとつだけ嘘をつかねばならない事情があるのです。その人にとってこの世でもっとも大切な人に、ささやかな嘘をつかなければならないのです。おそらく、それができなくて、パンをあきらめたのでしょう」

ぼくは吉住守の言葉を思い出した。

「妻にモーニングミーティングがあると言って朝食を食べずに家を出る」

たしかそう言っていた。

そうか、それはたしかに嘘だ。罪のないささやかな嘘だけど、嘘は嘘だ。奥さんを崇拝しきっているあいつに、嘘はつけなかったのか。奥さんはあいつを思って毎日一生懸命料理をする。そんな誠実な奥さんをあいつは塩ほどにも騙せなかったんだ。

店主はさすがだ。洞察力すげえな。

3ショット写真を2ショット写真と言った彼女の、前を向くための嘘。

吉住守の、大切な人につけなかった嘘。

どちらの嘘にも意味がある気がする。

味がガタ落ちのぼくにも、まだ意味があるのだろうか。

相沢さんは大きく口を開けてぼくをかじった。

「あら、福神漬けも悪くない。ねえ、食べてみて」

「やきそばパンですね」

「そう、やきそばパン」

店主はぼくをつかみ、同じように大きく口を開けてかじった。

「どう？」

「ほんとだ、うまい」

「ね」

最期にぼくが見たのはふたりの笑顔だった。

ルイの涙

自動ドアが開いたり閉まったりしている。

ボクはそれを見つめている。ずっとだ。

はじめ日陰だったここは、今は日差しがキツい。ボクは桜の木の下にいて、開閉するドアを見続けている。

あたりには桜の花吹雪が舞い、たんぽぽの綿毛が猛スピードで飛んでゆく。

今日みたいに風の強い日は苦手だ。

砂埃で目から涙が出るし、風に押されて体が少しずつ移動しちゃう。そのたびに体を戻す。移動、戻す。移動、戻す。時々涙。

ハタから見たら退屈そうに見えるかもしれないが、ボクは忙しい。「ママを待つ」という任務に勤しみながら、風に動かされた体を戻し、涙を流している。退屈を感じるヒマはない。

ママはまだ。今日はいつもより時間がかかっている。

ママが月に一度通っているでっかい病院。ボクは前庭の桜の根元でママを待っている。

自動ドアが開いた。こんどこそと思ったけど、出てきたのは車椅子に乗ったおじさん。ボクに目を留めて笑いながら近づいて来る。

「おとなしく待ってて偉いなあ」

一応挨拶を返したけど、へっぴり腰になってしまった。おじさんはイイヒトだ。イイヒトの匂いがするもの。けど車椅子が怖い。車輪を見ると、身構えてしまうんだ。

自転車に撥《は》ね飛ばされたことがある。

それはものすごいスピードで坂を下りてきて、気がついたらボクは遠くに飛ばされ、生垣に頭を突っ込んでいた。あのときのママの動揺はひどかった。すさまじい形相で走ってきて、ボクを生垣から引っぱり出すと、泣きながら近くの病院へ駆け込んだ。

自転車の人？　逃げちゃったみたいだよ。

連れて行かれたのは、ここと違ってこぢんまりとした病院。お医者さんはボクにさわって、「大丈夫ですよ」と言った。なのにママはレントゲンを撮って撮ってと騒いだ。

お医者さんは呆れていた。「君のママは心配性だね」と愚痴りながら、しぶしぶ撮った。骨は折れていない、内出血もありませんと言われて、ママはやっと落ち着いたんだ。

ボクを愛しているから、心配しすぎちゃうんだよね。

あれからボクは車輪を見ると、ママの涙を思い出し、身構える。撥ね飛ばされた痛みなんか忘れちゃったけどね。ママが悲しむと、ボクは痛い。どこが痛いのか説明できないけど、痛みを感じるんだ。

自動ドアはひっきりなしに開く。開くたびに人が出てくる。ママはまだだ。

あそこから出てくる時のママは、いつも沈んでいる。病院ではよほど嫌なことがあるんだ。ママが泣きそうな顔をして歩いてくると、ボクは飛んだり跳ねたりして、とびきり明るく振る舞う。バカみたいにはしゃぐボクを見て、ママは「ルイったら！」と笑い出すんだ。

ボクの仕事はママを待つこと、ママを笑顔にすること。もしもママが泣いたら、涙を拭いてあげる。これは最も重要な任務。

ドアが開いた。小さな子どもが走り出てきた。ボクの苦手な男の子ってやつだ。「あー」と奇声を発しながら、ボクをめがけてまっしぐらに駆けてくる。

うわ、やめてくれ！

耳をつかまれた。ぐいぐいひっぱる。痛いよ、やめてくれー！

「きゃあっ、あぶない！」

かあさんらしき女が男の子をひっつかんで抱き上げた。その子は力いっぱい耳をつかんでいたから、ボクの体はちょっと浮いた。耳が千切れそうになり、ボクは悲鳴をあげた。女はボクを思い切り平手で叩いた。

バチーン！

払い落とされたボクは、桜の根っこで背中を打った。衝撃で息ができない。

女は真っ青な顔をして男の子の手にアルコールを塗りつけている。ばっちいものをさわった時に消毒するやつだ。

ボクはばっちくなんかない。毛はふわふわだし、真っ白だし、とびきり上等な血統書が付いたマルチーズ様だ。昨日シャンプーとヘアカットをしてもらったばかりで、耳はボブカットでキメている。サロンじゃなくて、おうちカットだ。ママがお風呂場で、ママの手で、カットしてくれるんだ。ボクはだからいっつも清潔だし、キメキメなんだ。散歩の時も「まあすてき」って、道ゆく人に褒められるもの。

あんたのガキの手はベタベタしていたぞ。消毒したいのはこっちさ。

断りもなくつかんだのはそっちだろう？

謝れ！　無礼者！

ボクは声を限りに抗議した。

「ごめんなさい」

あれ？　ママが謝っている。いつのまに出てきたんだろう？

暴力女はママを睨み、駐車場を指差した。

「こんなところにつながないで、あっちにしたらどうですか？」

あそこは危険。

背の低いボクは車の運転席から見えない。轢《ひ》かれるかもしれないと、ママがボクの身を案じて、正面玄関の前の、ここにしたんだよ。それだって、出入りを邪魔する場所ではない。桜の木の下。土から盛り出た根っこがごつごつしている場所だ。

ママは反論せずに頭を下げた。ふたりが見えなくなるまでそうしていた。ママ、かわいそう。ちっとも悪くないのに。ボクも悪くない。あいつらが悪い。

きっとママはいつも以上に落ち込む。励まさなくちゃ。

「お待たせ」

悪者がいなくなると、ママはにっこりと微笑み、リードをつかんで歩き始めた。

満面の笑み。いつもと違う。足取りが軽い。跳ねるように歩いている。ボクは必死に駆けた。駆けないと置いて行かれそうだから。

今日のママはうれしそう。病院から出てきたのに、うれしそう。うれしい時、ママはハッピーな匂いがする。ハッピーな匂いは大好きだ。

ママはお気に入りのケーキ屋に寄った。やはりイイコトがあったんだ。イイコトがあると、ここのケーキを買う。外で待つ間、ボクはガラス越しにママを見る。病院と違ってママの姿が見えるから、待つ時間がとても楽しい。

ママは熱心にケーキを選んでいる。あれもこれもと選んでいる。いつもよりたくさん買っている。よほどのイイコトなんだ。

白い大きな箱を抱えたママと、ママが幸せならばうれしいボクは、春の追い風に乗って、幸福な我が家へと向かった。


「おかえりなさい。あかりさん」

おふくろさんが出迎えた。来ていたのか。

パパのかあさんだ。エプロンをかけて、何やら料理をしている最中のようだ。香ばしい匂いがする。繊細な鼻をもつボクにとってはクド過ぎる匂いだ。

「おかあさん、いらっしゃい」

ママは玄関でボクの足を拭きながら、ため息をもらした。さっきまでのハッピーな匂いは消え、緊張しているのがわかる。

ここはパパとママとボクのうちなのに、おふくろさんは勝手に入って掃除をしたり、料理をしたりする。ボクははじめこの人のことを「おふくろさん」という名前のお手伝いさん」と思ったんだけど、ママは彼女を「おかあさん」と呼ぶし、力関係はおふくろさんのほうが上のようだし、しだいにどういう間柄かわかってきた。

ママが気を遣う人。ママが緊張する人。そういう人だ。

おふくろさんは悪い人ではない。イイヒトだし、愛情深い。それは匂いでわかる。けど、ボクは苦手。

おふくろさんが初めてボクを見たときの顔が忘れられない。

がっかりして、ため息をついて、「あきらめたのね」って言ったんだ。

あきらめたって何を？

ボクは不思議だった。

このうちに来る前のボクは、親兄弟から引き離されてガラスケースに閉じ込められ、ひとりぼっちだった。最初は心細かったけど、愛も変化もない日がだらだらと続いて、しだいに頭がぼーっとしてきた。ご飯も喉を通らなくて、ぐったりしていたボク。生きているのか死んでいるのかわからなくなっていたボク。そんなボクを見つけてくれて、選んでくれて、このうちに連れてきてくれたママ。

「今日からわたしはあなたのママよ」

そう言ってボクを抱き、小さなボクの体に顔をうずめた。しばらくのあいだそうしていた。顔を上げた時、ママの目からぽろっと涙がこぼれた。ボクは反射的にそれを舐めた。うっすらと記憶に残っていたかあさんのおっぱいに見えたんだ。でも、おっぱいみたいに甘くはなくて、しょっぱかった。あまりのしょっぱさに目を白黒させているボクを見て、ママは笑い出した。

「あなたの名前はルイ。わたしの涙を拭いてくれる。だからルイ（涙）よ」

その瞬間からここはボクの家になった。

ママはボクといて幸せそうだった。それなのにおふくろさんはボクを見て「あきらめたのね」って言ったんだ。何そのネガティブ発言、許せない。

あれから二年が経つけど、おふくろさんの言葉はシミのようにボクの心に張り付き、消えてはくれない。

「ケーキ?」

白い箱を目ざとく見つけたおふくろさんに、ママは言い訳をした。

「急に甘いものが食べたくなっちゃって」

うれしいことがあったのに、おふくろさんには言いたくないんだ。冷蔵庫にケーキを入れながら、「いい匂いがしますね」と話をそらした。

「いいお肉が手に入ったの」とおふくろさんは言う。

「オーブンの火が止まったら余熱調理に入るから、わたしが帰ったあともオーブンから出さないで。手でさわれるほど冷めてから、スライスするといいわ」

「ありがとうございます。おかあさんのローストビーフ、慶樹さん大好きなので」

おふくろさんはエプロンをはずしながら微笑んだ。

「あの子のためじゃないのよ。あかりさん、あなた今日誕生日でしょう？」

ママはハッとした。

「やだわ、あかりさん。忘れていたわけじゃないでしょ。さっきのバースデーケーキじゃないの？」

「そういうわけでは」

「安心して。夫婦の邪魔はしないから。キッチンを片付けたら帰るわね」

おふくろさんは調理道具を洗い始めた。

ママはしばらく無言だった。何か考えているようだ。考えがまとまったのかな、笑顔を作って言った。

「洗い物はあとでわたしがやりますから、ケーキ付き合っていただけますか」


ママはハーブティーを淹れた。

紅茶が好きなのに、珍しい。おふくろさんはチーズケーキを、ママはかぼちゃのプリンを選んだ。ボクもおやつをもらった。いつもの豆乳ビスケットだ。体にいいらしいけど、あんまりおいしくない。

おふくろさんは感慨深げにつぶやく。

「お誕生日おめでとう。慶樹のお嫁さんも、とうとう四十歳か」

「なっちゃいましたー」

ふたりはふふふと笑った。

「七十のわたしから言わせてもらうと、四十なんてまだ思春期よ」

「思春期ですか？」

「そうよ。五十からが青春」

おふくろさんはにっこりと笑った。

「あかりさん、趣味はないの？」

「趣味？」

「コーラスとかダンスとか。そうそう、映画が好きだったわね。観に行ってる？」

「最近は全然」

「旅は？　慶樹なんか放って、海外旅行とかどう？　よかったらわたし付き合うわよ」

　ママは困ったような顔をして食べ続けている。

「何か始める気はないの？　今はセカンドキャリアとか流行っているんでしょう？　もといた会社に戻るとか、考えてないの？」

「おかあさん、わたしは家事が嫌いじゃないし、ルイもいるし、こう見えて結構楽しく暮らしているんですよ」

　おふくろさんはボクを見た。

「そりゃあ、ペットといれば気が紛れると思うけど」

「ルイは家族ですから」とママは言った。

　そうだ。ボクは家族だ。ペットって言葉は嫌い。あっちとこっちで線を引かれてるみたいだもの。ボクはこのうちに来た日からママの息子だし、結構楽しく暮らしているんだから、邪魔しないでほしい。結構って何だろ？　たぶん「すごく」の意味だ。

　おふくろさんは食い下がる。

「専業主婦だったわたしがこんなことを言うのも変だけど、結婚して家にいるなんて、時代遅れじゃない？」

　ママは「はあ」と、気の無い返事をした。

　おふくろさんはケーキを食べ終え、意を決したように言う。

「さっきハサミを探してて、見つけてしまったんだけど」

　おふくろさんは立ち上がると、サイドボードの引き出しを開けた。

「まだとってあったのね。母子手帳」

　ママは神妙にうなずく。

　何だろ、母子手帳って。

「勝手にごめんなさい。もちろん中は見ていないし、さわってもいないの。あなたに断ってからと思って」

　ママは無言で立ち上がり、引き出しの中からノートを二冊出すと、「どうぞ、ご覧ください」とおふくろさんに渡した。

それが母子手帳だって、初めて知った。ママはひとりの時、よくそれを見ている。パパがいる時は見ない。なにか大切なものだろうって、前から思っていた。

おふくろさんは神妙に母子手帳を受け取り、「ありがとう」と言った。

ふたりは席に戻った。

おふくろさんはノートを開き、目を輝かせた。

「そうだった。この子は春に妊娠がわかったんだったわね」

ページを一枚一枚、いつくしむように見ながら、「これはエコー画像ね。何ヶ月のときだっけ」と言った。

ママは「十五週です」と答えた。

「そう、十五週ってこんな感じなのね」

おふくろさんは熱心に画像とやらを見つめている。

ママは無言でプリンを食べている。食べ終えると、ぽつりと言った。

「わたし、結婚したのが二十九歳で、はじめは油断していたんです」

おふくろさんは顔を上げてママを見た。ママは話し続ける。

「子どもはいずれ作るとしても、少しはふたりで楽しみたい、なあんて思っていました。いつでもできるって……思い上がっていたんです。それがだんだん不安になって……。絶対欲しい、とは思っていなかったのに、いつの間にか、子どものいない人生なんて考えられない、と思いつめるようになってしまって。三十二の時に不妊治療を始めました」

「治療、していたの？」

「はい」

「何も知らなかったから、わたし、まだかしらとか、あなたに言ったりしてたかしら」

「いいえ、おかあさんは気を遣ってくださっていたのか、そんなふうにはおっしゃいませんでした。友人たちが次々に出産して母親になってゆくのを見て、置いていかれるような気分になっていたんです」

「じゃあ、できたのは、治療のおかげなの？」

「はい。三十五でやっと着床！　うれしくて」

「電話くれたわね。わたしもうれしくて小躍りしちゃった」

「着床が確認されてからは、健診のたびにドキドキしました。夢じゃないかって。五週目にやっと心音が確認できて、母子手帳をもらいに行きました」

「それがこれね」

ママはうなずく。

「そして十五週目にはこのエコー画像で男の子だとわかって」

「その時も電話をくれたわ！」

「はい。どちらかわかると、具体的に未来を思い描くことができて、夢が膨らみました。先走って新生児用の下着を買っちゃいました」

「実はわたしも買ってたの。靴下とおくるみ。初孫ですもの。わたしったら名前まで考えていたのよ」とおふくろさんは恥ずかしそうに告白した。

「えっ、そうなんですか？」

おふくろさんはうなずく。

「もちろん、名付けはあかりさんと慶樹の権利で、おばあちゃんのわたしは蚊帳《かや》の外ですけど、考えるのは自由でしょ。あなたたちで決められなくて万が一相談された時のためにって。ふふ、バカでしょ。万が一のために本気で考えるなんて。楽しかった。十五週って、まだ十センチかそこらでしょ。なのにもう姓名判断とかまでしちゃったわ」

「実はわたしも考えていたんです」

「えっ、あかりさんも？」

ふたりは恥ずかしそうに笑い合う。

「教えて、あかりさんが考えた名前」

「ヒロ。大と書いてヒロと読ませるんです」

「大きく育って欲しいという願いね」

おふくろさんはてのひらの上に指で字を書いてみて、ふむふむ、悪くないと、うなずいている。

「おかあさんはどんな名前を？」

「ヒカル。光と書いてヒカル。希望の光だから」

「素敵ですね」

おふくろさんはもうひとつの母子手帳を手に取った。一枚一枚丁寧にめくりながら、「こちらも春だったかしら」と言った。

「心音が聞けたのは冬です」

「でも記録はもっとあとからになってる」

「はい。ヒロの時は心音が聞けてすぐにその足で母子手帳をもらいに行きました。その時はただうれしくて、もしものことなんて考えもしなかった。母子手帳を手にするのが夢だったから。でも、ヒロが……」

ママは口ごもった。

おふくろさんは目をそらし、ハーブティーを飲みながら、じっとママの言葉を待っている。やさしい時間だ。楽しい話をしているわけではない、とボクにもわかる。でもふたりの中に流れる時間はあたたかく、やさしいものに見える。

ママは話し始めた。

「ヒロがだめになった時……辛くて。妊娠十二週以降の流産は死産届を出す決まりで、そこには子どもの名前を書く欄がないんです。名前もつけてあげられずに消えてしまうのです。それを思い知りました」

ママは二冊目の母子手帳を見た。

「二度目に着床した時、わたしは三十七になっていました。うれしい気持ちとこわい気持ちが同時にやってきて、心音を聞けた時も、ヒロの時みたいに手放しに喜べなかった。母子手帳をもらうのも怖くて。期待してがっかりするのが嫌で、安定期に入るまでやめとこうかなと迷ったり。でも、慶樹さんに、この子はもうお腹にいるのだから、その存在をぼくらが心から歓迎しなくちゃと言われて……。妊娠届を提出したのは十週目です」

「この子は、短かったわね」

ママはうなずいた。

「母子手帳をもらっておいてよかったと、今になっては思います。十一週だったので、死産届は必要ないと病院で言われました。母子手帳がなければ、この子は存在しなかったことになってしまう」

「ほら、エコーには残ってる」

おふくろさんは励ますように言った。

「この子についてはわたし教えてもらってなかったでしょ。慶樹からの事後報告。妊娠はしたけど、だめだったって。もう期待するようなことをあかりに言わないでくれって。わたしが悪者みたいな口をきくものだから、腹が立ってね。わたしはそんじょそこらの姑じゃない、いつ孫の顔を見せろと言ったのよってつい怒鳴っちゃった」

「すみません」

ママは謝り、二冊の母子手帳をそっと手元に寄せて重ねた。

「子どもを欲しかったのはわたしです。慶樹さんもだけど、わたしが欲しかったんです。治療で一喜一憂するのが辛くて、限界だったんです」

おふくろさんは「わかるわ」と言った。

「慶樹とは絶交してやった。わたしはここに来なかったし、電話もしなかったでしょう？　そしたらあかりさん、あなたから電話をくれた。遊びに来ませんかって。うれしくて、おいしいものをいっぱいお重に詰めてここに来たら」

おふくろさんはボクを見た。

「この子がいた」

そうだ。その時「あきらめたのね」って言ったんだ。ボクは傷ついた。

「あなたが明るくなって、うれしかった」

おふくろさんは微笑んだ。傷つけたことを覚えてないんだ。記憶って傷ついたほうにだけ残るのかもしれない。

「あなたたちふたりが幸せならそれでいいの」

なんだか自分に言い聞かせているみたい。

ママは「ケーキ、おかわりしませんか？」と言った。

おふくろさんは「わたしは結構よ。お茶をもう一杯いただける？」と言った。

ママはお湯を沸かし始めた。

「わたしはお腹が空いちゃったから、もうひとついただきますね」

ママはおふくろさんには紅茶を、自分にはロールケーキを用意した。それから話は天気のこととか、珍しい食材とか、肌にいい果物とか、あっちこっちにそれた。

夕日がリビングに差し込み、おふくろさんが「そろそろおいとまするわ」と立ち上がろうとした時、ママはあらたまった口調で言った。

「まだお伝えするつもりじゃなかったんですけど、わたし、妊娠しました」

おふくろさんは「え？」と、眉根をよせた。

「妊娠？」

ママはうなずく。

「いつわかったの？」

「今日です」

「あなた、病院に行ってたの？」

「はい」

「まだ不妊治療を続けていたの？」

「いいえ」

ママは二冊目の母子手帳に触れた。

「この子を失ったあと、治療をやめました。期待するのが辛すぎて、続けられなくなったんです。気が抜けてぼーっと家にいたわたしを慶樹さんがガーデニングを始めないかと外へ連れ出してくれて、ふたりでホームセンターに花の苗を買いに行きました。園芸コーナーの隣がペットショップで」

ママはボクを見た。

「ガラスケースの向こうで、この子、体を横たえて、ぼんやりとしていたんです。どこかあきらめたような目をして、横たわっていたんです。ほかの子犬や子猫たちは、寝るか動くかしているのに、この子だけが何もしないで、ぐったりとしていたんです。ガラスケースには値段のほかに生後何日経っているか書いてあって。この子はそのショップで一番歳をとっていました。まだ子犬でしたけど、ずいぶん長いことおうちが見つからないみたいで」

「かわいそうだから引き取ったの？」

ママは首を横に振った。

「かわいそうには見えませんでした。苦しんだり、辛がったりしていなくて、無というか、考えることをやめちゃったみたいな。わたし、似ていると思ったんです。その頃の自分に似ていると。治療をやめて、子どもをもつ夢を失って、何のために生きているのかわからなくなっていた自分と重なりました。だから選ばずにはいられなかった。ガラスケースから取り出して、解放したかった。自分をです。この子が元気になることが、わたしが元気になることに思えたんです」

ママはボクを抱き上げた。

「ルイはわたしにとっての光です。妊娠や出産にこだわる気持ちが消えて、人生はそれだけじゃないって思えて、毎日がとても楽になりました。外を歩いても、こんなに緑ってあざやかだったんだなとか、花にはたくさんの種類があって、それぞれが精一杯咲いているって気付いたり、空気がおいしいと思えるようになりました」

おふくろさんはいらついた顔で話を遮った。

「犬のことより、妊娠ってほんとうなの？」

ママはうなずく。

「不妊治療はやめたんですけど、月経不順で定期的に婦人科に通っていました。婦人科に行くのは気が重いんです。治療を思い出すし、お腹の大きな人を見るプレッシャーはやはりまだあって。ルイについてきてもらえば落ち込まずに済むので、なんとか通えていました。今日もいつも通り受診したら、思いがけず妊娠していると
お医者さまに言われて」

「たしかなの？」

「はい。六週目で、心音も聞けました」

おふくろさんはふーう、とため息をついた。

「産むの？」

ママはぎょっとした顔をした。

「ごめんなさい、おめでとうって言うべきなんでしょうけど」

おふくろさんの意外な反応に、ママの顔はこわばった。

「三十五のあなたから、できましたって電話をもらったときは、心からおめでとうって言えた。でも、四十歳のあなたから言われると、心配が先に立ってしまう。高齢出産についてはわたしも少しは調べたし、今は四十代で産む人も少なくないけど、まずは出生前診断で正常ってわかるまでは楽観できないでしょう？　いつだっけ、診断ができるのは」

「十週以降です」

「じゃあ、その時までとっておくわね。おめでとうは。もう嫌なの。期待してダメになるのは」

「おかあさん」

「何？」

「出生前診断はしないつもりです」

「どういうこと?」

「ヒロの時もしませんでした」

おふくろさんは呆れたような顔をした。

「その時はまだ若かったでしょう」

難しい話でボクにはちんぷんかんぷんだけど、たしかおふくろさんは「四十は思春期」って言ってなかったっけ。あれって若いってことじゃないの? 今もママは若いよ。少なくともあなたよりはめっちゃ若い。

ママはちいさな声で言った。

「わたしのところに来てくれた命を素直に喜びたいので」

「それはいいことですよ、でも」

「心配はしていません。いたいだけここにいてほしいって、ただ、そう思っているんです」

ママは必死な口調で言った。自信たっぷりではなく、心細そうだった。心配していないのなら、そんなに必死に言い返さなくてもいいんじゃないかな。

「出生前診断は必ずしなさい」

おふくろさんは強い口調でそう言ったあと、ボクを睨んだ。

「覚悟をもって産むのなら、犬は手放したら？」

なんてことを言うんだ。やはりこの人、大嫌い。

「エコー写真でしか孫を見られないなんてもうたくさん」

おふくろさんはそう言い捨てて、帰ってしまった。

なんてことだ。ついさっきまでのやさしい時間はどこへ行ってしまったのだろう？

ママは泣かなかった。おふくろさんが使った調理道具を洗い、ケーキ皿やカップも淡々と洗い始めた。

でももうハッピーな匂いはしなくて、どんよりとしていた。洗い物に集中することで、何かから逃げているように見えた。心がよそに行ってしまい、ボクの夜ごはんも忘れていた。

ママ、ママと前足でふくらはぎを叩いてみた。ママははっとしてボクを見ると、「ごめんごめん」と言って、あわててごはんを用意してくれた。

夢中で食べた。食べたら眠たくなった。

「気にしすぎだよ」

パパの声で目が覚めた。

いつの間にか帰宅していて、テーブルの上にはバラの花が飾ってある。ママの好きな黄色いバラだ。誕生日に花束を抱えて帰る。キザなパパらしいや。

パパとママはおふくろさんの作ったローストビーフをおかずにご飯を食べている。でもママはあんまり食が進まないみたい。きっとケーキをふたつもたいらげたからだ。

「とにかくうれしいよ。それだけ」

パパはビールを飲んでご機嫌だ。

「なんでこんな大事なニュースを先におふくろに話すかなあ。おふくろの言うことなんて気にするな。びっくりしてつい変なこと口走っちゃっただけで、本気じゃないって」

パパの声はひときわ大きくなった。

「授かったのはルイのおかげだと思わないか？　うちの中が明るくなったし、ぼくらは喧嘩しなくなったよね。ルイはキューピッドだしコウノトリだよ。ありがとう、ルイ」

パパはボクを見た。ボクはあわてて駆けてゆき、パパの膝に乗る。

「ほら、ルイはぼくらの長男だ。息子を手放す親がどこにいる？」

「そうよね」とママは微笑んだ。どこかうわの空だ。

「とにかく今夜はお祝いだ。あかりの誕生日と、お腹の子に乾杯しよう！　あれ、あかりは飲まないの？」

ママは困った顔で「妊娠中」と言った。

「そうかそうか、とにかくかんぱーい！」

パパはご機嫌で、ママは笑っていた。ママは顔だけ、笑っていた。

ママはなんだかとても小さく見えた。パパがはしゃげばはしゃぐほど、ママは口数が少なくなり、とうとう「疲れた」と言って、ボクに声もかけずに寝室に消えてしまった。


翌日から少しずつママはおかしくなった。

パパが会社に行くまではいつもの優しいママなのに、パパが玄関を出た途端、ママの顔から笑みが消える。床に座り込み、じーっとしていたりする。しばらくして思い出したように動き出すのだけど、やはり変だ。回っている洗濯機をじーっと見つめていたり、洗濯機が止まっても蓋を開けようとしなかったり、洗濯物を干そうとして庭に落としてしまい、でもすぐには拾えなくて、ぼんやりと突っ立っている、そんなふうなんだ。

それから、冷蔵庫の中をチェックして、あれこれ捨てた。野菜を洗う時は妙に熱心で、洗いすぎてレタスなんかしなしなになってしまって、それをまずそうに、でもなんていうか、必死な感じで食べていた。食材に気を遣い、ピリピリするようになり、食べることを任務のようにこなしていた。

ボクのごはんはというと、忘れがちになった。

だからボクはいつもお腹をすかせていた。催促すると気がついてくれるんだけれど、食べ残しをいつまでも片付けてくれなくて、次のごはんを催促すると、お皿を見て「まだあるじゃない」って言うんだ。

朝の残りを夜食べる。前はそんなことしなかった。そういうのは衛生的ではない、とボクは思う。味も落ちる。おやつの豆乳ビスケットなんて、もう全然くれなくなった。今もらえたら、おいしく思えるだろうな。

まあ、でも、食欲は前ほどにはないんだ。最近散歩に行かなくなった。ママは時々出かけるけど、ボクを連れてはいかない。留守番ばかり。そして、毛の問題も切実になってきた。シャンプーもカットもしてもらえなくて、毛はすんごく伸びて床にひきずるほどだし、絡まって、ひきつって、歩きにくい。毛が目にかぶさって前も見えにくい。

でもママは顔色が悪く、いつもしんどそうにしているので、しかたない。

今日なんて、パパが会社に行ったあとすぐにママはソファで横になってしまった。掃除も洗濯もせずに寝てしまった。ボクのお皿には昨夜のごはんのカスがこびりついていて、昨夜のごはんは朝の残りだったから、ずいぶんと時間が経ってしまい、嫌な臭いを放っていた。

ボクは寝ているママのそばで「おなかすいたよー」と叫んだけど、ママは眉根をよせて、ぶつぶつと何かを言った。寝ぼけているみたいだったから、ボクはソファに飛び乗って、前足でママのお腹をぽんぽんと叩いた。

ものすごい衝撃を感じ、ボクは吹っ飛んだ。ローテーブルの角に頭をぶつけて、悲鳴をあげた。

「何するのよ！」

ママは怒鳴り、すごい形相でボクを睨みつけた。

ボクは縮み上がった。何かすごく悪いことをしてしまったみたい。だからボクはママに叩かれたんだ。生まれて初めてママに叩かれた。

ボクは尻尾を巻いて逃げ出した。とにかく体を隠さなきゃと思ったんだ。ボクの体が見えると、ママが苦しむのだと感じた。ずっとじゃない、今だけだ。ただ、すぐに消えないとまずい、と思ったんだ。

隠れ場所は心得ている。見つけて欲しい時は洗濯機と壁のすきま。見つけて欲しくない時は庭の濡れ縁の下。

ボクは迷わず洗濯機と壁のすきまに隠れた。濡れ縁の下なんて、暗くてジメジメしていそうで、入ったことはない。見つけて欲しくない時なんて今まで一度もなかったから。これから先もないはず。

今もボクはママを待っている。

ボクを迎えに来て。ママ、ボクはここにいるよ。

いつのまにか寝てしまい、目を覚ますと真っ暗闇だった。

ここが洗濯機と壁のすきまだってことは、匂いですぐにわかった。洗剤の匂いはキツい。ママは結局見つけてくれなかった。ボクは朝ごはんを食べずに寝てしまい、夜になってしまい、ぐったりだ。

パパは帰宅しているようで、リビングで話し声がする。ボクは耳がいいからまるまる聞こえる。

「怖いの」

「何が怖いんだ？」

「心音が聞けるかしらって」

「このあいだの健診で聞こえただろ？　もう十五週だっけ。安定期まであとひときじゃないか」

「次の健診が怖いの」

「またルイを連れて行けばいいさ」

「最近ルイとは行ってないの」

「なぜ？」

「怖いの」

「何が怖いんだ？」

「犬を飼っていて大丈夫かしら」

すこし時間があった。パパの声色が変化した。

「何を言ってるんだ？」

「だって、あの子のおしっこやウンチの始末とか、全部わたしがするのよ。つわりで臭いが辛いの。第一、お腹の子に影響はないかしら」

「あるわけないだろ？」

パパは呆れたように大きなため息をついた。

「医者に聞いたら大丈夫って言われたって言ってたじゃないか。みんな大昔から犬や猫を飼いながら何人も赤ちゃんを育てている。それが普通だよ」

「普通じゃダメ！」とママは叫んだ。

「は？」

「二度もダメだったじゃない。ほかの人は普通で産めるけど、わたしは普通じゃダメなの。運が悪いの。そういう星のもとなの。普通にしていたら産めないの」

「おかしいぞ、あかり」

「やっと授かった子よ。後悔したくないの。完璧な環境で迎えたいの」

「完璧ってなんだよ！　俺たち子どもができないから、穴埋めに犬を飼ったのか？　ルイは穴埋めか？　子どもができたら邪魔になって手放すのか？　俺たち、そんな情けない人間か？　そんな人間に親になる資格があるのか？」

うわあって、ママは叫ぶように泣き出した。

話の内容は難しくてよくわからない。けど、パパがママをいじめている、そう感じた。

ここから抜け出さなくちゃ。パパに吠えついてやらなくちゃ。ボクは一生懸命抜け出そうとするんだけど、長い毛がからまってうまく動けない。それにごはんを食べてないから、力が出ないんだ。

ママは泣きながら叫んでいる。

「あなたは男だから理想を語ればいい！　ルイにごはんをあげるのはわたし、散歩もおしっこの始末もわたし、シャンプーもカットもわたし、あなたの下着を洗うのもわたし、赤ちゃんをおなかで育てるのもわたし、つわりの苦しみもわたし、流産するのも死産するのもわたし、出生前診断を受けるのもわたし、産むかどうか決めるのもわたし！」

ママは泣きながら叫んでいる。かわいそうなママ。

出られた！

ボクはダッシュした。リビングへ行き、ママに飛びつき、泣いているママの涙を舐めとった。

ママは「きゃあっ」と叫んだ。

気がついたらボクはパパの腕に抱かれていた。

気を失っていたみたい。ママに突き飛ばされたみたい。涙を舐めて拭いてあげるのがボクの仕事だと思っていたけど、今はやっちゃいけないみたい。

ひとつ学んだよ。

ボクの仕事は減る一方。笑わせることもできないし、待っていても来てくれない。あとは何をすればいいんだろう？

教えて、パパ。

パパはボクを風呂場に連れて行き、慣れない手つきでシャンプーをし始めた。指の力が強くてちょっと痛いけど、あたたかいお湯が気持ちいい。うわあい。ママをいじめるパパをこらしめたいけど、ひさしぶりのシャンプーがあまりに気持ちよくて、許すことにした。

「ごめんな、ルイ」とパパは言った。

「ママが悪いんじゃないんだ。パパが不甲斐ないんだ。こんなに痩せちまって。ごめんな、ルイ」

パパはシャンプーを終えると、ドライヤーで乾かしてくれた。それから、あちこちにできた毛玉をハサミで切った。ママと違ってパパは慣れてないから、綺麗なカットはできずに、ジグザグになった。

「いいうちを探すからな」

パパの目はうるんでいた。舐めてあげたいけど、いけないことだと学んだから我慢した。

その夜から、ボクのごはんはパパが用意するようになった。おしっこもウンチもパパが始末する。散歩は週に一回、パパがボクを連れ出す。

ボクはやっと自分の任務を理解した。

ママに近づかない。ママとは距離を保つ。それがボクの新しい仕事なんだ。

退屈ではないよ。ボクは忙しい。うちの中でママとばったり会わないように、姿を隠すのに忙しい。じめじめした縁の下に身を隠すことが多くなった。少々不潔だけど、ママとばったり会う危険はゼロ。パパが帰るまで、庭や縁の下で過ごす。雨の日もなるべくそうする。

ボクは張り切っていた。

生まれてすぐの、ガラスケースの中の世界とは違う。あの生きているのか死んでいるのかわからない世界とは大違いだ。ボクはいつもママを感じている。ママの匂いに包まれて、ママの幸せのために働いている。身を隠すという仕事を精一杯やっている。

まさに生きてるって感じさ！

しばらくしてママは元気になった。

ボクが離れていることで、元気になった。

仕事がちゃんとできて、すごいでしょ。ボクは誇らしかった。


「ルイ」

ひさしぶりにママに呼ばれた。

日差しが傾いて、リビングは夕焼け色に染まっていた。最近すっかり元気になったママは体がふっくらとして、表情もおだやかだ。ボクを呼んでいる。けどボクはいきなり走り寄ったりはしない。頭を上げて、ママを見て、尻尾を振る。聞こえてるよって、合図だ。

ママはボクと目が合うと、なんともいえない顔をした。そしてゆっくりと近づいてきて、「毛がぼさぼさね」と言って、ボクの頭をそっとなでた。ひさしぶりのママの手だ。

それからママはボクの毛をカットした。耳の毛は短くそろえて、ボブカットだ。

パパのカットはへたくそだからな。ボクはひさしぶりに凜々しくなった。

それから、信じられないことに、ママはボクにリードをつけて、家を出た。

ひさしぶりのお散歩だ。うれしすぎて頭がクラクラする。ボクは張り切った。いつもと違う道を歩くママ。それを追いかけるボク。楽しいのだけど、情けないことに、すぐにへばった。

以前は毎日していた散歩が、最近ではパパと週一回だけになっていて、しかも近くの公園まで行って帰ってくるだけだから、ボクの足はすっかり弱ってしまった。

ママは何度か立ち止まってのろまなボクを待っていたけど、とうとう抱き上げて、歩き始めた。ママに抱かれるのはひさしぶりだ。うれしいのとはずかしいのがごっちゃになった。犬のくせに人に抱かれてお散歩なんて、かっこ悪いよなあ。

日が沈み始めたけど、ママは帰ろうとしない。知らない匂いのする知らない街にやってきた。

ママは藍色ののれんがかかったお店を見つけて、ボクを抱いたまま入った。

お店っていうものはたいていボクらは入っちゃいけないんだ。外で待つものなんだ。なのにママはボクを抱いてお店に入った。

ボクはふと思った。

ひょっとして、ここが新しいうちなのかな。パパが言っていた「いいうちを探すからな」って、ここのことなのかな。あのときボクは、ママとパパとボクの三人で新しいうちに引っ越すのだと思った。でも違うのかな。

新しいうちには見知らぬ男の人がいる。畳の上に座っている。

「いいうち」っていうのは、新しい家族ってことなのかな?

ママはボクをここに置いていくつもりかもしれない。

ボクは怖くてたまらなくなった。

ママ、置いていかないで! ボクを手離さないで!

ママはボクを抱いたまま畳に上がると、ポシェットからノートを二冊出して、畳に置いた。例の母子手帳だ。

「いつまでおあずかりしますか?」と男の人は言った。

ママは「一年」と言って、お金を払った。払うとすぐに靴を履き、出て行こうとした。ボクを抱いたままだ。なんだ、置いていくのは母子手帳か。ほっとした。

「お名前は?」と尋ねられ、ママは「書いてあります」と言って、店から飛び出した。

「あぶない!」

よそのおばさんがママを怒鳴った。大きな鍋を抱えたおばさんだ。ママは振り返らずにどんどん歩いた。ボクを抱いたままどんどん歩いた。ママの胸がドキドキ鳴っていた。

無事家に到着。ボクは置いていかれることなく、家に戻ることができた。

でも、ボクは悟った。抱かれていて、わかっちゃったんだ。

ここはもうすぐボクのうちではなくなる。

ママはボクのママではなくなるのだと。

今日ママはボクを置いていかなかった。でも明日はボクを置いていく。明後日かもしれないし、もっと先かもしれない。

あの母子手帳みたいに、ボクはもう要らなくなったんだ。大切だったものが、急に大切じゃないものになって、そういうものをあずかるお店に置いていかれるんだ。

ママは次こそボクをきちんと置いていく。今日はきっと勇気が出なかったんだ。

ママは強い人だ。ボクを置いていくことができる日がきっとくる。

ボクはしずかに覚悟した。

次の任務は、ママと別れることだ。

その日は一週間後にやってきた。

やはり夕方になって、ママはボクを連れて、例の街へ来た。ボクは道を覚えていたし、へこたれずに歩いた。この一週間、家の中を走り回って足を鍛えていたんだ。最後のお別れの時に抱かれて運ばれるなんて恥だから。

たどりついたのは、大切じゃなくなったものをあずかるお店で、藍色ののれんをくぐると、例の男の人が「いらっしゃいませ」とボクらを迎えた。あいつが店主なんだな。

ママはボクを抱かずにひとりで畳に上がり、ボクは三和土《たたき》にきちんとおすわりをした。

ママは言った。

「先週、母子手帳をあずけたんですけど、やはりあずけるのをやめにしました」

店主は「西浜あかりさんですね」と言った。

ママは「はい」と答えた。

あれれ？

想像と違った。ママは母子手帳をあずけたけど、今日は取り戻して、持って帰るつもりのようだ。ボクを置いていくとか、そういう話ではないのかな。

店主は奥へ行き、母子手帳を二冊取ってくると、ママの前へそっと置いた。ママは手帳を手にして開き、それを胸に当てて、涙をこらえていた。母子手帳たち、よかったな。ママはまだ君たちを大切に思っているみたいだ。

店主は言った。

「お水をあげてもよろしいですか？」

「え？」

「お連れの、小型犬ですよね？　息が荒いので、もしよければお水を」

びっくりしたぁ。

ボクは平気を装っていたけど、実はヘトヘトだった。死ぬほど喉がかわいていた。

店主すげえな、わかるなんて。目が見えないみたいなのに。ボクらと同じく、匂いや音に敏感なんだな。ひょっとすると、人間の姿をした犬なのかもしれない。

店主はいったん奥へ行き、陶器のうつわにたっぷりの水を入れて、ボクの前に置いてくれた。ママが目で「いい」と言ったので、ボクはガブガブ飲んだ。

店主は微笑み、「おしっこしたくなったら、ここでしていいからね」と言った。

それから店主はママに尋ねた。

「お名前は？」

「ルイです。マルチーズの男の子」

「ルイくん、お行儀が良くていい子ですね」

ママは「ええ、いい子なんです」と言い、ハンカチで口を押さえて、涙ぐんだ。あ、涙がこぼれた。舐めたい。舐めたいけど、舐めちゃいけない。

店主は言った。

「西浜さんも、何かお飲みになりますか？　今日は暑いですからね」

「カフェインを控えています」

「では麦茶はいかがですか？」

「ありがとうございます」

店主が用意してくれた冷たい麦茶をママはおいしそうに飲んだ。

落ち着くと、ママは話し始めた。

「わたしはダメな人間なんです。ルイのママにさえなりきれなかった。だからきっと、生まれてくる子も災難です」

「生まれてくる子？」

「結婚して十年過ぎて、ようやく子どもを授かり、どうにか安定期に入ったんですけど」

「それはそれは。妊娠おめでとうございます」と店主は言った。

ママはハッとした。

それからしばらく無言の時が流れた。店主は何も言わず、ママの言葉を待っている。ボクは思った。この人は待つのが仕事なんだ。ボクと同じ職業なんだ。あずかるって、待つってことなんだ。

「ありがとうございます」

ママはようやく口を開いた。

「今回はおめでとうって、なかなか言ってもらえなくて。わたし、過去に二回妊娠して、結局ダメだったんです。子どもはあきらめて、ルイと暮らし始めて、楽しく過ごしていて……そうしたら自然と授かったんです。すっかりあきらめていたので、わかった時はすごくうれしかったんです」

ママは少し考えてから言った。

「母や友人たちが心配してくれて……わたしを思っていろいろアドバイスしてくれて……それが……すごく気になってしまって。犬を飼っていると危険だと言われたり……流産した時の母子手帳は不吉だからお清めしたほうがいいとか、捨てるべきとか……家の方角がよくないから引っ越したほうがいいとか……言われるまでは心配していないのに、言われた瞬間も、反発しているのに……しばらくすると、そうなのかなと気持ちが揺れて……だってみんな、わたしを思って言ってくれてるんです……わたしの中にある目に見えなかった不安がそのたびに引き出されて……頭から離れなくて」

「それで母子手帳を？」

「三冊目の母子手帳がうちにあるんです。今お腹にいる子の母子手帳です。それだけを手元に置いて、過去の二冊を手放そうと思ったんです。処分する勇気はなくて、ここにあずけました。でも、ずっと大切にしていたものだし、やはり手元に置いておきたくて取りに来ました」

「そうだったんですね」

「あとは……ルイです。犬と暮らしているって、お腹の子に危険なことをしているのかしらと……もちろん、そんなことはないって頭ではわかっているんです。なのに、たった一度言われたことが心にしみついてしまって……ルイの世話をするのが怖くなって……一時はつわりがひどかったので、臭いに耐えられなくなると、ルイを憎んだり……わたしはひどい人間。ルイには何の落ち度もないのに」

ママは泣いた。涙が次から次へと流れ落ちる。

「わたしがルイを遠ざけたので、夫はルイがかわいそうだからと、引き取り先を探してくれているんです……でも……子どもがいないからと犬を飼って、子どもができたら手放すなんて、命をないがしろにしていると白い目で見られて、なかなか引き取り手が見つかりません。軽蔑されて当然です。本当のことですから。それはその通りなんです。わたしたち、ひどいことをしようとしているんです。そんな人間が人の親になろうなんて……無理なんです」

ママはハンカチに顔をうずめて泣いている。

店主は言った。

「ルイくんが西浜さんのおうちへ来たのは何歳の時ですか？」

「生後二〇七日でした」

「どんな感じでしたか？」

「おしっこはあちこち漏らすし、お腹が弱くてすぐにこわすし、手がかかりました」

ママは思い出しながら微笑んだ。

「むこうみずな性格で道路に飛び出しちゃうし、自転車に撥ね飛ばされたことがあって、わたし、心臓が止まるかと思いました。病院で異常なしって言われても心配で。しばらく家で歩き方を観察していました。大丈夫って思えるまで何日も」

ボク、覚えている。全部覚えている。楽しかったなあ、あの頃。ボクはママの愛情をたっぷり受けて、不安なんかひとつもなくて。ボクは王子様で、あのうちで大威張りで暮らしていた。パパはよく拗《す》ねていた。「ルイばっかりかわいがって」と。

店主は微笑んだ。

「立派にここまで育てたんですね」

ママはボクを見た。ボクはちぎれるほど尻尾を振った。そうだよ、ママは立派なママだよ。

店主は言う。

「おめでたがわかって不安になるのは、当然ですよ」

ママはハッとして、店主を見た。

「命をないがしろにしているのではなくて、新しい命を守りたいからじゃないですか？　大切に思っているからこそ、不安になってしまうのではないですか？　ルイくんを心配したみたいに、お腹のお子さんが心配なんですね。今はお腹のお子さんが一番大事で、いいんじゃないですか？」

ママはふわっとした。力んでいた体がふわっとゆるんだ。

「生まれてくる命の一番の味方がおかあさん。それでいいんじゃないですか？　西浜さんが幸せでいることが、ルイくんの願いだと思います。無理をなさらず、不安だったらあずけてみたらいかがでしょう?」

「あずける?」

「ええ。あたらしいおうちを見つけてお別れするのもひとつの道ですけど、そんなたいそうな決断は先延ばしにして、いったん誰かにあずけてみるといいですよ。出産前後のたいへんな時だけでもあずけるとか」

「そんないいかげんな。いったん引き受けた命は生涯責任を持つ、それが基本だとみんな言います」

店主はくすりと笑った。

「何かおかしいですか?」

「失礼しました。えっと、わたしが知っているだけでも、五組の夫婦が離婚しています」

「離婚?」

「ええ、結婚式では、すこやかなる時も病める時もと、真剣に誓いますけど、離婚しました。わたしの親も離婚しました。みんな悪人ではありませんよ。それでも別れを選びました。人の気持ちは変わるし、状況も変わります。ルイくんのことでそんなに罪悪感をもたなくてもいいんじゃないですか？　捨てるわけじゃないのですから」

ママは黙ったまま目を丸くしている。

「よければ、うちでもあずかりますよ」

「え？　動物もあずかるんですか？」

「ええ、犬をあずかることは今までにも何度かありました。うちには猫がおりますが、どの犬とも仲良くできましたよ」

「予約がいるのですか」

「いいえ。いつでもどうぞ。散歩も食事も、できる限り飼い主さんのご要望に添った形でおあずかりします。動物のプロではないので、いたらないところはありますが」

「いつでも？」

「はい。いつでも、いつまででもです」

ママはぽかーんとしていた。しばらくしーんとした空気が流れた。

「ゲピッ」

ボクのげっぷが空気を破り、ママが笑い出す。

ふふふ、あははと大きな声で笑っている。昔のママみたい。すると店主も笑い出した。ふたりが笑っているので、ボクはきゃんきゃん叫んだ。

ママが笑ってる！　ママが笑ってる！　ひさしぶりに笑ってる！

ボクははずんだ気持ちがおさえられなくて、畳の上に飛び乗った。足を拭いてないんだけど、うれしくなって走り回った。ママは笑いながら両手を広げた。ボクはママの体に思いっきりダイブした。ママはボクを受け止め、ほおずりした。

ボクはうれしさに勢いがつき、ママの顔を舐めた。バチーンはこなかった。ママは笑いながら泣きながらボクをぎゅーっと抱きしめた。

ボクには妹ができた。

ボクの散歩に妹がついてくる。妹はベビーカーに乗っている。ベビーカーには車輪が付いているけれども、ボクはもう車輪を恐れない。お兄ちゃんだから。

結局ボクは一度もあずかりやにあずけられることはなかった。よそのうちにもだ。あの日ママはあずかりやに不安をあずけたらしく、肩の力が抜けて、心が自由になったみたい。いつでもあずかると言ってもらえた。たったそれだけで、不安が消えたんだ。

妹が初めて我が家に来た日を思い出す。
ママは腕の中の妹を真っ先にボクに見せて、「お兄ちゃん、よろしくね」と言った。
ボクはその日から全身全霊でちいさな命を守ると決めた。
育児で疲れたママの涙をボクは何回も舐めてあげた。
いつか妹の涙もボクが舐めてあげるんだ。
このうちの涙はぜんぶぜんぶボクが舐めてあげるんだ。

シンデレラ

寒い朝である。

明日町こんぺいとう商店街の中で、最も早く店を開けるのはあずかりやだ。毎朝七時には格子戸が開けられ、のれんがかけられる。店主の吐く息は白く、春はまだ先のようだ。

のれんには藍色の地に「さとう」という白い文字が浮かんでいる。良い字だ。筆致はやわらかく、てらいがない。

わたしが書いた。まっすぐな思いで書いた。それが今もここにあり、人の目に触れている。まことにもって誇らしい。

ここは昔、和菓子屋であった。わたしが営んでいた。わたしはあずかりやの店主・桐島透の祖父であり、現在は先代菓子屋の霊として、この家を見守っている。

ろうけつ染めをご存知か？

ろうはロウソクのろうだ。まずはろうを煮溶かす。わたしは小さな鍋を使った。あずきを煮るより簡単だ。ふっくらとか、つやを出すとか、自然の甘みを引き出す、などの微妙なさじ加減は不要で、ひたすら煮て、ろうが液状になったら温かいうちに筆をひたす。たっぷりとろうを含ませた筆をまっさらな布におろす。「さとう」と書いて、しばし放置。ろうは冷めると固まる。「さとう」がじゅうぶん固まったところで、布を藍で染めるのだ。

濃い色にしたかったので、時間をかけて染めた。ろうの部分に藍は染み込まない。きっちりと染めが済んだら布を煮て、ろうを溶かして剝《は》がす。すると剝がれた部分が白く抜かれるというわけだ。染めについては素人なので、失敗を繰り返して、のれんを完成させた。

戦後もののない時代に、真っ白な砂糖は貴重であった。戦争で辛酸を舐めた国民は、甘いものを求めていた。そこでわたしはみなの気を引こうと、「さとう」の文字を選んだのだ。

店名は「菓子処桐島」で、看板にもそう書いてあったが、「桐島」を見て「うわっ、うまそう！　入ってみよう！」という人間がいるとは思えない。初めての客を引き寄せるには「さとう」が正解なのだ。当時はＳＮＳなどなかったし、人々はおしなべて素直であった。蟻が群がるように「さとう」に引き寄せられ、店はたいそう繁盛したものだ。

もちろん、菓子そのものがうまかったのは言うまでもない。丁寧に開発した和菓子で、見た目に品があり、食べると素朴な甘みが広がる。

わたしはひたすらにみなが欲しがるものを作った。「この味がわからんものは来るな」などと偉そうな考えはちらとも浮かばず、多くの人に喜ばれるものを目指した。子どものおやつにちょうどよい安価な串団子も作ったし、年賀の挨拶にふさわしい高級菓子の詰め合わせや、近所の小学校の入学式で配られる紅白饅頭《まんじゆう》も販売した。

わたしは儲けることに力を注いだし、商才があった。戦後われわれ世代が目指したのは「豊かさ」である。不足が争いを生み、豊かさが平和を守る。そう信じていたからだ。

それはもう、まっしぐらに働いた。工場で銃弾を作るより平和に近づいている実感があり、胸を張れた。

わたしのおかげで息子は何不自由なく育った。

野球が流行ればグローブを買い与えたし、カメラが欲しいと言えば買ってやった。この「何不自由なく」が仇《あだ》となり、謙虚さが育たず、「客に頭を下げる商売なんぞやってられるか」と生意気を言って、サラリーマンになってしまった。

繁盛している店なのに、ひとり息子が継がんだと？

息子はちゃっかりものだ。反抗はするものの、家を出るわけでもなく、実家から通勤した。賄《まかな》い付きで家賃はタダ。損が嫌いで得が好き。商売人のわたしに似てしまった。

それがまあ、笑ってしまう。結局は会社で上司にぺこぺこ頭を下げなければならなかったようで、毎晩のように飲んで帰っては愚痴をこぼす日々であった。「ならば菓子屋を継げ」と言ったが、首を縦に振らない。そうこうするうち、妙におとなしい女性を連れてきて、「彼女に店をやらせる」と言うではないか。「ぼくたち結婚します」と言うのが照れ臭かったのだろう。

社会には自由結婚の風が吹いており、われわれには反対する理由がなかった。わたしも妻もその女性をすごく気に入ったわけではない。あまり健康そうに見えなかったし、華やかさもなかった。派手でも困るが、あまりにも地味過ぎた。なんというか、草みたいな感じ。花ではなく、草。しかしだ。店をやってくれるというのに、ダメだとも言えぬ。

ふたりは結婚した。

このふたり、どこでどう知り合ったのか、不思議なくらい真逆の性格であった。

嫁は姑の言う通り家事をこなし、わたしの言う通り店を手伝い、職人の世話も滞りなく、万事几帳面で、裏表がなかった。ぜんそく持ちで弱々しく見えたが、芯が強い。なによりもわたしは彼女のまっすぐさに感心した。草と思ったが、ヒメジョオンだった。野に咲くけなげな花。誰も花瓶に生けようとはしないが、息子はよくぞ手にとった。

わたしは嫁が気に入った。誤魔化さないまっさらな性格が気に入った。

菓子作りは職人がやるし、受注や販売、経理などの店の切り盛りは彼女に任せられると思った。息子よりよほど信用できる。「この人なら」と彼女に店を譲り、わたしは妻とともに隠居して、郊外に引っ越した。店舗に占領される狭い家なので、夫婦だけにしてやりたかった。親心というものだ。

しばらくして孫が生まれた。透だ。

透き通るような白い肌。小さな命に、わたしも妻も夢中になった。老いた自分に比べ、その細胞のなんと瑞々しいことよ。たいそう愛らしく、離れがたく、再び同居をしたくなったが、狭い家に舅や姑がいたらやりにくかろうと、踏みとどまった。週に一度会いに来て、さんざんあまやかして帰る。それが残された人生の楽しみになった。

しかし、やはり、同居をしておけばよかった。嫁は忙しすぎたのだ。悲しい事故が起こり、透は目をやられた。もうすぐ小学生というかわいい盛りであった。

入院中、わたしと妻はこの家に待機して快癒を祈り続けた。わたしは医学書を読み漁った。妻は祈禱師を呼び、小さな仏像を大金で購入し、ぶつぶつとまじないを唱えた。

嫁は病院に泊まり込んでおった。責任を感じていたに違いない。いやそんな言葉では足りぬ。我が子だ。身を切られる思いだったろう。

息子はと言えば、口をきかなかった。不機嫌そうに家の中をうろつきまわっていた。それぞれがしたいようにするほかなかった。奇跡を願い、透の全快を祈る。方法は違っても、心はひとつであった。

わたしらが贈ったランドセルが新品の学習机の上に大事そうに置いてあった。このじじいの目で良ければ、そっくりくれてやる。時間を巻き戻せるなら、命も投げ出そう。

わたしはあまりの悲しみに、日に一度は罵詈雑言を吐いた。当時のことは思い出したくない。

透は退院後、息子の考えにより、全寮制の学校へ進学した。嫁はやつれ、ひとまわり小さくなっていた。嫁を責める言葉は誰ひとり持たなかった。いや、ひとりいた。嫁自身だ。己をひどく責めていた。口には出さぬが、それはもう、見ればわかるというものだ。

数年経って嫁は出て行き、菓子処は閉店となった。あまりにも寂しい幕切れである。

嫁が出て行ってほどなく、ヒメジョオンは日本の侵略的外来種ワースト一〇〇に選ばれた。環境省により要注意外来生物に指定されたのだ。そのニュースを聞いて頭に血がのぼった。侵略的だと？　鉄砲かついで乗り込んできたわけでもあるまい。異国に連れてこられて精一杯生きている。このじじいの幼い頃の原風景にもいた花だ。もうすっかりなじんだわたしらの花だ。追い出すやつは許さない。彼女は出て行くことはなかったのだ。

透は正月にはこの家に戻ってきた。わたしと妻は大晦日の夜にお節料理を重箱に詰めて、この家を訪れた。

年に一度会う孫は見るたびに背が伸びていた。空から神が御手を伸ばし、透の耳をつかんで上へ上へと引っ張っているかのごとく伸びてゆく。透き通るような印象は生まれた頃と変わらなかった。

ただ、ひどく無口になっていて、自分からはあれこれ話そうとしなかった。こちらもどんな話をしたらよいかわからず、会話が弾まない。

愛しさにいっぺんの曇りもなかったが、「あの事故がなかったら」という思いが、わたしと妻の念頭から消えなかった。光を失った透を見ているのが正直辛かった。

そのうち妻が認知症を発症し、わたしは介護で手いっぱいになり、こちらへ来ることもなくなった。妻を看取ったあと、わたしは倒れ、あとを追うように昇天した。最後まで気がかりだったのは透のことで、死んでも死に切れず、わたしはこの家に取り憑いた。

当時、この家は息をしていなかった。

息子は転勤で家を空け、わたしが作ったのれんは乱暴に巻かれて土間に放置され、中身のないガラスケースは曇り、畳はほこりを積み、柱時計は巻かれることなく止まっていた。わたしは薄暗い室内にこもり、昔を懐かしんだ。明るい店内、訪れる客。せっせと働く菓子職人たち。あずきが炊ける匂い。それらを思い浮かべてばかりいた。

わたしが生きていた時代が最も輝いていただなんて、あまりにも寂しい。わたしは光が欲しかった。ひとすじの光が。そして風だ。光と風。この家に必要なものはそれだ。にぎやかでなくていい。せめてこの家に呼吸をさせてやりたかった。

そんなある日、突然、透は帰って来た。

学校をやめてこの家に戻り、雨戸を開けて空気を入れ替えた。

さっと光が入り、風が吹き抜けた。あの瞬間をわたしは忘れない。家が息を吹き返したのだ。透は床や畳を拭き清め、ガラスケースを磨き上げ、時計を巻いて、あずかりやを始めた。

一日百円で何でもあずかる店だ。透は十七歳であった。

帰ってきてくれたのはうれしかったが、わたしは心配だった。あずかりやなんて商売は聞いたことがなく、成立するとは思えない。あずけるのに金を払うというのが、解《げ》せない。金だって銀行にあずければ、少しは増える。あずかるほうが金を払う、それが常識ではなかろうか。

ところがどうだ。

あずかりやは今も続いている。開業から十年が経ち、細々とだが、客足は絶えない。雨だれのように、ぽつりぽつりとお客は訪れる。

透は常に店を清潔に保ち、あずかりものを誠意を持って保管し、淡々と暮らしている。菓子の調理場を改造してあずかり品をしまう部屋をこしらえ、特殊な鍵を付けてしっかりと守っている。几帳面なところは母親似だが、秘めたる感情は豊かで、つかみどころがない。

「ごめんください」

開店を待っていたかのように、客がのれんをくぐった。

「いらっしゃいませ」

透は座布団を勧め、小上がりに正座をして客を迎える。

客は店内を見回したり、店主をじろじろ見たりして、しまいには安心したように、ふうっと息を吐いた。それから靴を脱ぎ、小上がりに上がった。靴はスニーカーで、靴底はすり減っている。なかなか活動的な女性のようだ。穴の空いたジーンズに、ライトグレーのダウンジャケットを着ている。

わたしが子どもの頃は服に穴が空いたら繕った。穴が空いたままの子は親がいないと決まっていた。わたしの服は穴だらけで、おまけに臭かった。ゆえに学校へ行くのが嫌だった。今でも服の穴を見ると胸が痛む。こんにちの服の穴はファッションと理解しているが、どうも慣れない。

女性はジャケットを脱いだ。素朴な白いセーターを着ている。穴がなくてほっとする。髪は男の子のようなショートカットで、日焼けをした顔は化粧っ気がない。

「あずけたものを取りに来ました」と女性は言った。

「承知しました」と、透は立ち上がる。

女性はたいそう驚いた顔をした。

「あの、わたし、まだ名乗っていませんけど」

透は奥に行きかけて立ち止まった。

「声でわかりましたので」

女性は腑に落ちないようだ。

「どなたかと間違えてらっしゃるのでは。だってわたしがあずけたのは三年も前のことですよ」

透は少し考えたのち、「千日ほど前だと記憶していますが」と言った。

「千日前?」女性はきょとんとしている。

透は確信したように言う。

「十万円をいただきました。それであずけられる日数だけあずけたいとおっしゃって、ならばちょうど千日ですねと申し上げました。その期限まであと一週間あります」

「十万円？」女性は考え込んだ。

「はい、十万円です」

女性は心当たりがあるようで、「そうだ、そうかも。そうそう、そういうことでした」と素直に認めた。

「あのお金を使ったんだ。そのことをすっかり忘れてた」

「そのときはお名前をお伺いすることができませんでした」と透は言った。

女性は恥ずかしそうな顔をした。

「言ってなかったかもしれません。愛川です」

「愛川さん、少々お待ちください」

透は奥へ消えた。あずかりものを取りに行ったのだ。

千日の期限であずけたものって何だろう？　覚えていない。わたしはじじいだから、透の記憶力には敵《かな》わない。いやいや、透の記憶力に敵うものはそうはおるまい。

愛川さんも驚いている。ほら、肩をすくめて首を横に振り、まるで西洋人のように「わぁお」とつぶやいた。千日も前に一度来ただけで覚えられている。名前という手がかりもなしに。たまげただろう。透は目が見えない分、耳と記憶が研ぎ澄まされている。相手の声で覚えることができるのだ。

それと、だ。

これはわたしの勝手な憶測なのだが、覚えていることが最上のおもてなしだと、透は考えているのではなかろうか。

ここには毎日さまざまな客が訪れる。そのひとりひとりに過去があり、未来がある。つまり人生がある。ここを訪れたあなたはその他大勢ではなく、唯一無二の存在であると、透は客に伝えたいのかもしれない。そのためにもまずは「覚える」のだ。

透には商才がある。

商才の基本は「人の気持ちを推し量る」ことである。わたしはそれを儲けることに使ったが、透は何やら違う目的を持っているようだ。ようわからんが。なにせわたしは昭和の人間。透は令和を生きている。目的は違って当然である。

「おはようございます」

セーラー服を着た女子がふたり、並んでやってきた。ひとりはお下げ髪。もうひとりはおかっぱで、眼鏡をかけている。ふたりとも通学用リュックを背負い、小さな紙袋を抱えている。

「あれ？」

女子たちはきょろきょろしている。

「店主は奥にいて、もうすぐ来るわよ」と愛川さんが声をかけた。

「わたしがあずけたものを取りに行っただけだから」

「ふうん」

女子たちはちらっと柱時計を見た。こんなに朝早く先客がいるとは思わなかったのだろう。

「中学生？　これから学校でしょう？　店主が戻ったら、お先にどうぞ」

「ありがとう」お下げ髪はにっこりと笑った。

女子ふたりは大切そうに紙袋を抱えて、靴は脱がずに小上がりに並んで腰掛けた。お下げ髪は花柄の紙袋。おかっぱはすっきりとした水色の紙袋を持っている。

透はいつになく時間がかかっている。

「良かったら代わりにあずかっておこうか？」と愛川さんは言った。

お下げ髪は「どうする？」とおかっぱを見た。おかっぱは眼鏡の奥の利発そうな瞳を愛川さんに向けた。

「桐島くんに直接渡すから」

「桐島くん？」

お下げ髪が「あずかりやさんの苗字です」と補った。

愛川さんはふふっと笑った。中学生が一人前に「桐島くん」と言ったのがおかしかったのだ。

お下げ髪は人懐こくておしゃべりだ。

「これ、チョコレートクッキー。昨日、ふたりで焼いたの。今日、バレンタインでしょ。お菓子を学校に持っていくのは禁止されているから、先生に見つかったら取り上げられちゃう。ここであずかってもらって、学校が終わったら取りに来て、好きな子に渡しに行くの。ねっ」

お下げ髪はおかっぱを見た。おかっぱは大きな瞳で友人をちらっと見たが、何も言わない。プライバシーだから、しゃべらない。そんな態度に見えた。おしゃべりなのはお下げ髪、しっかりしているのはおかっぱ、そんな感じがするが、どうかな。わたしは女の子を育てたことがないので、さっぱりわからん生き物である。

「どんな男の子なの？」と愛川さんは面白そうに尋ねた。

「男子じゃないよ！」

お下げ髪は憤然とした。

「男子はガキっぽくて嫌い。隣のクラスの学級委員をやってる女子だよ。すっごくいい子で、かっこよくて、人気者なんだ。去年もあげたの。その時もこうしてあずかりやさんにあずけたんだよ」

「あなたは？」

愛川さんの問いを、おかっぱは毅然と無視した。代わりにお下げ髪が言った。

「花ちゃんは教えてくれないよ。わたしにも内緒なんだって」

「お待たせしました」

透が現れた。深紅の箱を抱えている。たいそう鮮やかな色で、目を引く。

愛川さんは順番をふたりに譲った。ふたりは百円を払い、「放課後に取りに来る」と言って、名前を伝えた。

愛川さんはそんなふたりの様子をじっと見つめている。気のせいか、ちょっぴり寂しそうな眼差しだ。バレンタインにうかれている中学生たちの若さがうらやましいのかもしれない。さりとて愛川さんもじゅうぶん若い。時々ここを訪れる点訳ボランティアの相沢さんよりもずーっと若い。しかし、セーラー服を着たのははるか昔のことだろう。

女子ふたりは用が済んだのに店を出ず、畳に置かれた深紅の箱が気になるようで、ちらちらと見ている。

愛川さんは「見たい？」と笑って、箱の蓋をそっと開けた。

「うわあ！」

女子ふたりは歓声を上げた。

箱の中にあるのはガラスの靴だ。透き通ったガラス製の靴。それが片方だけ深紅のビロードの緩衝材にうずもれるように鎮座している。ゴージャスだ。

「綺麗！」とお下げ髪は叫び、おかっぱは「シンデレラ」とつぶやいた。

やはり女の子はシンデレラが好きなのだ。

ちょっと愚痴らせてくれ。女というものは、王子と出会う話が好きだ。西洋の童話はこの手の話が多過ぎないか？　女が男によって突然大金持ちになる、って話だ。そんな話で女性を啓蒙するのはやめてほしい。

日本の昔話を見よ。女が身を削って男に尽くす「鶴の恩返し」とかな。まああれは、女というより鶴だけれども、そうそう、浦島太郎の乙姫なんざ、酒やご馳走、鯛やヒラメの舞い踊りで太郎を接待するではないか。とにかく、日本の昔話は男に都合のよいストーリーが多いのだ。ところが戦争に負けてからこっち、「日本の男の言うことなんざ聞いてられるか」とばかりに、なんでもかんでも西洋が上、みたいな風が吹き、やまとなでしこは総じて「王子に幸せにしてもらう」という一攫千金を狙うようになってしまった。昭和のじじいの愚痴終了。

「学校、始まりますよ」と透はうながした。

女子ふたりは「やばい遅刻」と言いながら、あわてて出て行った。

透は追うように店の外に出て、走ってゆくふたりに向かって叫んだ。

「車に気をつけて！」

わたしもつい一緒に叫んでいた。

交通事故は怖い。人生が一変する。あれさえ……あれさえなければ。いかんいかんいかん。透が受け入れていることをわたしがいつまでも引きずってはいかん。そっちへ振れる気持ちを遮断しよう。やめやめ。前を見ろ、前だ。

透はのれんをくぐって店内に戻ると、愛川さんに言った。

「たいへんお待たせしました。ヒビや欠けがないか、お確かめください」

愛川さんはガラスの靴を見た。中学生たちがいた時は、見ようとしなかった。蓋を開けた時、中を見ようとしなかったので、奇妙な気がした。見る勇気がなくて、人に先に見せた、そんなふうに見えた。

今は見ているが、手に取ろうとしない。

透は気遣うように言う。

「地震で割れたりしないよう、最も下の棚に固定して保管しておきました」

固定しておいたので、持ってくるのに時間がかかったのだ。

「万が一ということがありますので、損傷がないか、ご確認お願いします」

愛川さんは目をそらした。

「傷なんてあったってかまわない。割るためにここにあずけたのだから」

透は無言だ。

「粉々にしようと思ったの。三年前。でも割ることができなくて、結局ここへ持って来た。しばらくあずけたら割る勇気がもてると思って。あの時わたし酔っ払ってて、あなたにからんで、その上、吐いちゃって。ごめんなさい」

えっ？

酔っ払って、からんで、吐いた？

ああっ、あれか！

覚えている！　覚えているぞ！　小上がりに嘔吐！

あまりにも衝撃的で、あずかりものが何だったか覚えておらぬ！　いやもう、酒臭い嫌な女だった。たしか髪が長くて、きちんとした服を着ていたぞ。

あれが、お前さんか？　いいや、お前さんではないぞ。正直言って、美人だった。

化粧をしっかりしていたし、髪は栗色でカールしていたし、イヤリングがキラキラしていた。お前さんよりも美しく、お前さんよりも嫌な女だった。

あれはたしか、激しく雨の降る夜だった。

格子戸を乱暴に叩く音がした。こちらは店じまいをしており、のれんは下ろされてきちんと巻かれ、土間に立てかけてあった。透は小上がりを硬くしぼった雑巾で拭いていた。清潔好きな透の習慣だ。その日の汚れはその日のうちに落とす方針なのだ。

激しい音に、透は雑巾を置き、格子戸を開けた。

花柄のワンピースを着た女が幽霊のような青い顔をしてくずれ落ちるように入ってきた。霊のわたしが「幽霊みたい」と思ったくらいだから、相当に不気味で、傘を持っておらず、濡れていた。よたつきながら小上がりにたどりつき、うずくまった。せっかく拭いた畳が雨水で濡れた。そこへ女は嘔吐した。透が掃除したばかりの小上がりに、盛大に嘔吐した。

おのれ！　ふとどきものめ！

わたしは叫んだが、霊ゆえに届かない。

透はいそいで奥へ引っ込み、水の入ったグラスを持ってきた。女は苦しそうに顔を上げ、透が差し出すグラスをひっつかみ、水を飲んだ。が、すぐにまた嘔吐した。盛大に吐いた。店内に酒の臭いが充満した。よっぱらいだ。とんでもないよっぱらいだ。わたしは酒を飲まぬ。それもあって、よっぱらいが大嫌いである。

透は再び奥へ引っ込み、今度はおしぼりを持ってきた。

よせ、親切はよせ！　警察を呼んでしょっぴいてもらえ！

女はおしぼりを顔に当てて、苦しそうに呼吸をしていた。

「救急車を呼びましょうか」と透が言った。

違う。パトカーを呼べ！　酔っただけだ。

「酔っただけだから」と女は苦しそうに言った。当たり前だ。

「でも」と透が言うと、「邪魔なら呼べば？」と女は毒づいた。

くそったれ！

出て行け。ここは菓子屋だ。もとい、あずかりやだ。飲み屋のトイレじゃないぞ。わたしの大切な孫が営む神聖な場所だ。汚すものは許さん。呪ってやりたいが、霊にはそんな力はない。祈ることしかできない。手も足も出ない。

透は濡れタオルを女性に渡した。やや落ち着いてきた女性は、汚れた顔や手を拭いた。その間に透はたらいと雑巾を使って小上がりの上をざっと掃除した。女は自分のことで精一杯で、ありがとうもごめんなさいも言わない。

透は奥へ引っ込み、汚れものを始末すると、湯を沸かし始めた。

まさか茶なんぞふるまうつもりではあるまいな？

やめろやめろ。関わるな。

ああ、案の定だ。透はしばらくすると熱い緑茶を盆に載せて現れた。

女性は湯のみを両手で受け取った。吐いたあと急激に寒気に襲われたようで、背を丸めている。まだ熱い緑茶をずるずるとすする。すするごとに体が温まるのだろう、表情がいくぶんやわらかくなった。

女はハンドバッグから白い封筒を出すと、透に差し出し、「あずかって」と言った。

透は中身を指で確かめた。

「十万円入っています」

「ふうん」と女は言った。いくら入っているのか知らなかったようだ。

「このお金をあずかるということですか？」

「このお金で、あずかって」

「何をですか？」と透は問うた。

わたしを、なんて言いだしたらどうしようとハラハラしていると、女は足を動かした。雨に濡れて破れかかった紙製の手提げ袋を、靴先でつついているのだ。

行儀がなっとらん！

透は目が見えない。女はそれにやっと気づくと、紙袋を持ち上げて小上がりに載せた。

がーん！　なんという傍若無人。おかげで畳は再び汚れた。泥だらけじゃないか！

透は手探りで手提げを見つけた。中には深紅の箱が入っていたが、透には色がわからない。

「十万円ですと、千日になります」と透は言った。

「そう」と女は言って、立ち上がり、まだふらつく足で出て行った。雨はいつの間にか止んでいた。

透はあとを追い、「お名前は？」と問うたが、返事はなかった。

それが九九三日前の出来事である。

健全を絵に描いたようなショートカットの愛川さんが、あの時のよっぱらい女だということを、わたしはまだ呑み込めないでいる。女は化けるというが、別人である。化けるのではなく、生まれ変わるのかもしれない。

「桐島くん」

「はっ？」

「さっきの女の子、あなたのこと桐島くんて言ってた」

「そうですか」

「わたしのガラスの靴を手にとってみてくれる？」

「わかりました」

透は箱から靴を出して、手にとった。

「光が透けて、とても綺麗」

愛川さんはしばらく見とれていたが、ふいに言った。

「もっと上に持ち上げてみて」

透はその通りにした。

「もっと上に」

透はさらに上に掲げた。

「振り下ろして、叩きつけて」

なんだと？

やはりあの女だ。ゲロは吐くし、今度はガラスの破片を撒き散らすつもりか？

透は固まっている。

愛川さんは言った。

「ガラスの破片はわたしが掃除するから」

ゲロは放置したけど、ガラスは片付けるというのか。

信じるな、透！

透は上げた手をしずかに下ろして、ガラスの靴を畳の上に立てた。ぐらつくことなく、しっかりと立った。ヒールが高く、毅然とした姿の靴だ。美しい。嫌な女の所有物だが美しさは本物だ。

「なぜ、割らねばならないのですか？」

「前に進みたいから」


二十三歳の時、高校時代につきあっていた人にプロポーズされたの。

わたしは勤め先から帰る途中で、待ち合わせたカフェのテラス席で、いきなり「結婚して欲しい」と言われ、この赤い箱を渡された。

そこは海辺のレストランではなかったし、高級ホテルのバーでもなかった。すぐそばを仕事帰りの人々が足早に通り過ぎる、落ち着かない場所だった。

彼は高校の同級生で、静かで知的で人望があって、クラスでいざこざが起こると、スッと火を消す、みたいな人間力があって、不良グループにも一目置かれていた。体が大きくて、体育祭では活躍したけど、部活動はしていなくて、一匹狼みたいな存在だった。人気者の、一匹狼。群れない人だった。

わたしは目立たない生徒で、文学少女で、読み聞かせ同好会に入っていた。近所の保育園や図書館を訪問して、子どもたちに絵本を読む活動をしていた。

保育園のお迎えに彼が来ていて、びっくりした。彼には年の離れた妹がいたの。そこで口をきくようになって。大きな体の彼が、小さな妹と手を繋いで歩く姿がすごく……おかしかった。学校で見る彼はヒーローで、近づきがたかったから、弱みを見つけたような気になって、思い切ってわたしから告白して、つきあい始めたの。

つきあうと言っても、彼は家業の手伝いで忙しかったから、朝待ち合わせて一緒に学校に行ったり、休みの日にお弁当を作って、公園で一緒に食べるとか、そんなかわいらしいデート。あちらの家に顔を出したり、うちに来てもらったこともある。家族公認の仲だった。

彼はデートに妹を連れてくることが多くて、わたしは絵本を読んであげた。ちのちゃんという子で、シンデレラの話が好きで、なんどもせがまれて、読んであげた。わたしはもう暗唱できるほどだった。今でもできる。

ちのちゃんは彼に全然似ていなくて、色が白くて平均より体が小さかった。心臓の病気をかかえていたの。頭のよい子だった。ちのちゃんに、シンデレラの話のどこが好きなのと聞いたら、こう言ったの。

「自分にぴったりのガラスの靴が見つかったら、世界が変わるんだね」

ちのちゃんが夢見ていたのは、素敵な王子さまとの出会いじゃなくて、明るい明日だったんじゃないかな。自分にぴったりした「何か」と出会ったら、世界がよいほうに変わる。そんなふうに思っていたんだと思う。体が丈夫じゃないぶん、考える時間がたっぷりあって、わたしよりも早く大人になった、そんな気がする。

彼は高校を卒業した後、家業を継ぐべく修業の身となり、わたしは東京の大学に進学したので、自然と疎遠になった。別れた、という劇的なことではないの。連絡は取り合っていたし、ごくたまに、ひと月に一度くらいだけど、会っていた。ちのちゃんは小学校に上がる前、大きな手術をしたの。その時はお見舞いにも行った。ちの手術は成功して、ちのちゃんは一年遅れて小学校に入った。その知らせを聞いた時はうれしかったな。

彼の実家は山麓にあるガラス工房。

わたしが東京でキャンパスライフを満喫している頃、彼はガラス工房で修業中。わたしの就職活動中は、彼は海外留学。互いに相手の抱えているものが見えなくて、相談し合うことはできなかった。

わたしは大学で何人かの男子とつきあっていた。だから彼のことは「元彼」という認識だった。彼もそうだと思っていた。留学先のイタリアからハガキをくれたけど、もちろん、彼女がいますなんて書いてなかったけど、いるものだと思っていた。

わたしはどうにか就職することができ、新しい人間関係がさらに広がった。社会人として張り切っていたし、さまざまな人と出会って視野が広がり、とにかく外へ外へと目が向いていたの。そんな時に、突然のプロポーズ。

ありがとう、と言った。それはちゃんと言えた。でも返事はすぐにできなかった。

彼は言ったの。

「君の足のサイズに合わせて作った。これを作れるようになるまで、何年もかかった」

とっても誇らしげだった。

高校を卒業してからの五年間、彼の中でわたしは「彼女」のままだったのだと知った。うれしかったというより、別の世界で生きている人なのだと、かえって距離を感じてしまった。

それよりもわたしは……彼が着ていたシャツが……ずいぶん前につきあっていた頃のもので……袖口が擦り切れているのが気になっていた。そして靴が……ひどく汚れていた。彼と一緒にいるところを会社の人に見られたら恥ずかしい。そのことばかり気にしていたの。

今思えば、彼は高校時代と全く変わっていなかった。わたしが変わってしまった。昔は好きだった彼の素朴さ、純粋さが、わたしには色褪せて見えた。

返事は保留にして、ひとり家に帰った。

その夜、自分の部屋でガラスの靴をよく見た。部屋の灯りを受けて、とても美しく見えた。すると思い出したの。彼と一緒に笑ったり泣いたりした青春時代を。彼を好きだった頃の自分に還ったような気持ちになった。瑞々しい心。まっすぐに可能性を信じていたあの頃。

実はその時、つきあっていた人がいたの。会社の先輩。服のセンスはいいし、素敵なレストランをいっぱい知っていて、コンサートチケットを取るのもうまくて、指輪もくれた。有名ブランドのもので、指にぴったりの指輪。プロポーズはまだだったけど、この人と結婚するだろうって、わたしは思っていた。

でも、ガラスの靴を見て、心が揺れた。彼こそが運命の人なのかもって。賭けるような気持ちで、履いてみたの。ガラスの靴を。

そしたら、入らない。足が入らない。

カッときた。

こんな合わない靴を作るために何年もかけたなんて、ばかばかしい。彼ではわたしを幸せにできない。青春時代までが色褪せて見えた。一瞬心が揺れたのを即後悔。腹立ち紛れに手紙を書いた。

「靴が合わないので、結婚できない」

そんなふうな文章だったかな。プロポーズを断るのはわたしの心変わりではなくて、あなたのせい、そんな思いをぶつけたんだと思う。メールだったら手元に残るんだけど、カーッとした頭で手紙を書いて、見直しもせずに翌朝出勤途中に投函しちゃった。

ガラスの靴は箱に入れてベッドの下に突っ込んで、頭の中から消したの。

愛川さんは遠くを見るような目をして、そこまでを話した。

それからどういう経緯を経て、どしゃぶりの夜の嘔吐につながるのか謎である。

透は遠慮がちに尋ねた。

「指輪をくれたかたとは？」

「三年つきあったけど……」

愛川さんは肩をすくめて「消えちゃった」と言った。

「消えた？」

「いきなり会社を辞めて、故郷に戻ってしまったの。連絡が取れなくなって。あとからわかったんだけど、地元の幼なじみと結婚して、お相手の実家の家業を継いだんですって。花農家だって」

愛川さんは自分を笑うように、微笑んだ。

「わたしは彼と結婚するつもりだった。年回りもちょうどよいし、生き方がスマートでわかりやすい。結婚して子どもを作って歳を重ねてゆくのに、ちょうどいいパートナーだと思った。プロポーズを待っていたの。いやもう、結婚は決まっていて、タイミングを考えている、そんな段階だと思っていたので、虚をつかれた。彼は自分の人生をじっくり考えて、ずっと暮らすのは東京ではないし、パートナーはわたしではないと判断して、そうしたんだと思う」

「お辛かったですね」

愛川さんは首を横に振った。

「あてがはずれたというがっかり感はあったんだけど、悲しいかというと、違うかな。お財布を落としたみたいな感じ。たしかにショックだし、実害はあるんだけど、悲しみとは違う。彼を愛していたかというと、そうでもなかった。普通の階段を登って行くのにちょうどよい相棒だと思っていただけなのかな」

「普通の階段、ですか」

「わたしにはそれが重要だった」

愛川さんは微笑んだ。

「会社の人たちにかわいそうという目で見られて、それが嫌だったから会社を辞めて、しばらくぼうっとしていたんだけど、ふと、思い出したの。ベッドの下にしまい込んでいた赤い箱。引っ張り出して、蓋を開けてみた。ガラスの靴は変わらずにそこにあって。手にとって窓の近くで見た。一点の曇りもなく、透き通っていた。朝日を通して輝いていた。床に置いて、そっと足を入れてみたの。そしたら……」

愛川さんは言い澱《よど》み、唇を噛んだ。それから絞り出すように言った。

「ぴったりと入った。履けたの」

愛川さんはその頃を思い出しているのだろう、ガラスの靴を見つめた。しばらくして再び口を開いた。

「以前履けなかったのは、たぶん、むくんでいたから。夜だったし、会社で一日中働いたあとだったから。彼はぴったりとした靴を作って、プロポーズしてくれていたの」

透は黙って話を聞いている。

「ちのちゃんが言っていたこと、思い出した。自分にぴったりのガラスの靴が見つかったら、世界が変わるんだねって。わたしはぴったりした靴に出会っていたのに、気づけなかった」

愛川さんの目からふいに涙がこぼれた。ひとつぶだけ、ぽろりとこぼれた。

透はそっと立ち上がり、奥へ消えた。しばらくすると戻って来て、あたたかいお茶と羊羹《ようかん》ふたきれを愛川さんの前にそっと置いた。

愛川さんはうれしそうにお茶を口に含み、羊羹をぺろりと食べた。

「おいしい」

その羊羹は点訳ボランティアの相沢さんが透にくれたものだ。相沢さんは「獅子屋の羊羹よりもおいしいのよ」と恩着せがましく言った。獅子屋とは大きく出たものだ。なんとこれ、相沢さんの手作りなのだ。今は霊の身にあまんじているが、わたしは和菓子屋である。これは客に出すレベルの羊羹ではない、と断言する。

「おいしいけど、食べたことのない味」と愛川さんは言った。

「いただきものですが、手作りだそうです。やわらかい甘さで、おいしいですよね」

ふん、和菓子屋の孫が何を言う！

元和菓子屋の家でそんなものを客に振る舞うなんて！

愛川さんにとっては心落ち着く味だったようで、涙はすっかり乾いた。

先が気になる。それからどうしたのだね？　どうしたら嘔吐につながるのだね？

「わたし、彼に会いに行ったの。プロポーズされてから三年も経ってしまったけど、勇気を出して。美容院で髪をセットして、勝負服を着て、化粧を念入りにして、お気に入りのアクセサリーをつけて、連絡もせずにいきなり行ったの。工房に行けば彼に会えると思ったので」

「会えましたか？」

愛川さんはうなずいた。

「彼、赤ちゃんを抱っこしてた。お昼休みで、工房の外の庭で、おいしそうなお弁当を前にして、赤ちゃんを抱っこしていた。優しそうな女性がお茶を淹れていた。

彼はあいかわらずくたびれた服を着て、くたびれた靴を履いていた。でも、輝いて見えた。彼の横にいて微笑んでいる女性。わたしがそこにいるはずだった。あの人は、なるはずのわたし。そう思った」

愛川さんの目に涙はない。羊羹の糖分が作用して心の均衡を保っているのだろう。やはり砂糖は偉大だ。

愛川さんは話を続けた。

彼が結婚しているとは、全く思っていなかった。彼女がいるとも、想像していなかった。

高校を卒業してから五年も離れ離れでいたのに、わたしにプロポーズしてくれたでしょう？　それから三年しか経ってないし、人里離れた工房で働いているから、出会いなんてないって、たかをくくっていた。

呆然としていたら、うしろから声を掛けられたの。彼のおかあさんに。高校生の時、なんどか彼の家に遊びに行って、よくしてくれたおかあさん。変わらない笑顔で話しかけられた。

「久しぶりね。お元気？　東京の話を聞かせて」

おかあさんに誘われて、車に乗った。おかあさんの運転で、駅前の喫茶店に行ったの。今思えば、おかあさんはわたしを工房から離そうとしたんだと思う。

彼と入ったことがある店の懐かしい席でおかあさんと向き合った。

「元気にしてる?」

やさしい言葉。全く変わらない笑顔だった。わたしは何て答えたかな。頭が真っ白になっていたから、答えたかどうかも覚えていない。

「ちのはすっかり元気になって、今はあなたたちが通った高校目指して受験勉強がんばっているのよ」

おかあさんの言葉に、わたしは彼とつきあっていた頃に引き戻されたような気持ちになった。

「時間が経つのは早いわね。さっき見たでしょう?　わたしはもうおばあちゃん」

ぐさりときた。やはりあの赤ちゃんは彼の子どもなんだ。

「ちのはね、まだ年に一度の検査入院が必要で、その病院で出会ったの」

もってまわった言い方だけど、奥さんのことだとわかった。

「看護師さん……ですか」

「いいえ、同じ部屋に入院していたの。彼女は耳がちょっとね。何度か手術をしたけど、改善しないんですって。ちのはすぐに手話を覚えて、仲良くしていた。ちのと彼女が手話で話すのを見て、俊一が内緒話はかんべんしてくれって、手話を彼女から習うようになって」

　おかあさんは言い訳をするようにつぶやいた。

「わたしはてっきりあなたと結婚すると思っていたのだけど」

　彼は親にあれこれ話す人ではない。彼がプロポーズをしたことや、わたしが断ってしまったことを知らないみたいだった。おかあさんはわたしのほうが嫁にふさわしいと、今でもそう思っているのだと、その時わたしは確信した。

「わたし、ずっと俊一さんのプロポーズを待っていたんです」

　わたしはそう言って、涙をこぼした。なぜそう言ったのかな。それは事実ではないのだけど、わたしの中では、実際に自分がしてしまったことより真実のように思えて、嘘をついたつもりは全然なかった。

　殺人犯が「わたしはやっていない」って言うじゃないですか。あれは客観的に見たら、保身のための嘘なのでしょうけど、本人には嘘の自覚はなくて、やっていない自分のほうがしっくりくるから、ついそう言ってしまい、本当にそうだと思い込んでしまうのではないかしら。

「俊一さんが結婚したなんて知らなくて、ショックです」

それは真実だった。真実だから、涙は気持ちがよいほど流れた。

おかあさんは深刻な口調で、「待っていてちょうだい。いい？　帰らないでね。待っていてね」と言って、店を出て行った。

わたしはその時「なんとかなる」って思った。うまくいったと思った。だから待った。彼を待った。彼がやってきて、本当に好きなのはわたしだと言ってくれるのを待った。涙でくずれた化粧を整えて、彼を待ち続けた。

どのくらい待ったかな。

入ってきたのはおかあさんで、席に着くなり白い封筒をテーブルに置いて頭を下げた。

「ごめんなさい。今うちにはこれしかないけど、そのうちきちんと振り込みます。口座番号を教えてちょうだい」

そして白い紙とペンを差し出された。わたしは何のことかわからなかった。

おかあさんは言った。

「とてもいい子なの。いいお嫁さんなの。俊一はしあわせなの。でも、あなたを裏切ったのだとしたら、つぐなわなければいけない。あの子に代わってわたしが責任を取ります」

やっと意味がわかった。

白い封筒は慰謝料だ。手切れ金かもしれない。おかあさんは息子を呼びに行ったんじゃない。家にお金を取りに行ったのだ。

わたしはあわてて首を横に振った。お金なんて、とんでもない。第一、プロポーズを断ったのはわたしのほうだ。

おかあさんは思いつめた顔で、白い封筒をわたしのハンドバッグに押し込んだ。わたしは恐ろしくなって店を飛び出し、逃げるように東京へ戻った。

恥ずかしかった。無性に恥ずかしくて、家に帰ってガラスの靴を見たら、もっと恥ずかしくなって、靴を持って家を飛び出した。

ガラスの靴を割ろう、と思った。おろかな自分を粉々にしよう、と。断った自分、会いに行った自分、おかあさんに泣きついた自分、全部を粉々にしようと、彷徨《さまよ》った。結局割ることができずに、お酒を飲んだ。お酒を飲んでも割ることができなかった。割って前に進みたいのに。割れない。

割り切れないって言葉があるじゃない。こういうことなのかなと思った。

雨の日を思い出す。

彼女は前後不覚に酔っていた。そして白い封筒を差し出し、ガラスの靴を千日あずけた。手放したかったのはガラスの靴ではなく、むしろ十万円だったのかもしれない。

透は言った。

「あれから千日近く、どうしていましたか」

「まず、髪を切りました」

愛川さんは告白した内容とはうらはらに、さっぱりとした顔をしている。

青年海外協力隊に応募して合格。訓練を受けたのち、エジプトへ二年間派遣されたそうだ。エジプト！　すごい行動力ではないか。

「施設で暮らす孤児たちのお世話をする仕事。わたしは当時英語しか話せなかったし、保育士の資格がなかったから、現地の職員さんの補助的な仕事しかできなかったけど、折り紙とか、あやとりを教えてあげたら、喜んでもらえたの。むこうにいる間にアラビア語を必死に勉強して、帰国する頃には絵本の読み聞かせができるようになった」

帰国後は専門学校に入ったそうだ。幼稚園教諭の免許を取得したいと言う。

「幼稚園の先生になるのですか」

愛川さんは首を横に振った。

「資格が取れたらもう一度エジプトへ行って、同じ施設で働きたいの。資格があるとやれることが広がるから、前よりも役に立てると思う」

愛川さんの声は力強い。

透はガラスの靴を手にとり、再び高く掲げた。

「久しぶりに見るガラスの靴は、どう見えますか」

愛川さんはじっと見つめて、まぶしそうな目をした。

「とても……綺麗」

「では、割らなくてもいいんじゃないですか」

愛川さんはとまどったようにまばたきをした。

「割って前に進みたかったんですよね。愛川さんはもう前に向かって歩いているのですから、割る必要はないでしょう」

透は話を続けた。

「愛川さんの高校時代のお話、お勤めしていた頃のお話、足がむくむほど一生懸命働いていたこと、ほかの人がよく見えてしまったこと、プロポーズを断ってしまったことも、わたしにはうらやましく思えました」

「うらやましい?」

「はい。あとで靴を履いてみたらぴったりしていたこと、気づいてすぐに会いに行ったこと、別の人と人生を歩み始めたそのかたを見て傷ついたこと、おかあさんに泣きついてしまったこと。すべて愛川さんにしか経験できなかった物語です。その時その時を力いっぱい生きてこられたのだなあと思いました。シンデレラの物語より素敵だと思います」

愛川さんは靴を見つめている。

「この靴は勲章です。大切になさってください。エジプトへ持って行って、子どもたちに見せてあげたらどうですか」

わたしは想像してみた。

エジプトで多くの子どもたちがこのガラスの靴を見つめる。この靴を通して子どもたちが未来をぞんぶんに夢見る。そこにはひとりとして同じではない物語が待っているのだ。

透はガラスの靴を赤い箱に戻し、新しい手提げに入れて彼女に渡した。彼女は日焼けをした顔をほころばせ、胸を張ってあずかりやを出て行った。

最後にひとこと、意味ありげな言葉を残して。

「さっき紙袋をあずけていった女の子たち、ひとりは取りに来ないかもしれない。その袋は処分しないで。必ず中を確認してみてね」


その日の午後はお客が多かった。

あずけるもの、引き取りにくるものが、間断なく店を出入りした。たまにそういう日がある。

「人生を決めた一冊です」と言って、推理小説をあずけにきた女子大生がいる。冒頭から独特な世界観で、ページをめくるのがもどかしいほど先を知りたくて夢中で読んだが、後半は読み終わる日が来るのを恐れるようになった。あと十ページというところで、本を閉じたと言う。

「肝心な謎解き部分をとってあるんです」と彼女は言った。あずけるのは半年。「この本に出会って、書店員になると決めた。多くの人に本との出会いをセッティングしたい」と目を輝かせた。残りの十ページは就職が決まってから読むと言う。「これ以上の人参はありません」と笑っていた。

「亡くなったラウルなの」と、犬の写真をあずけた女子中学生もいる。

二ヶ月前に愛犬を亡くしたという。落ち込む彼女のために父親が新しく子犬を迎えてくれたが、ラウルの代わりはいないと思ったし、つい習慣で「ラウル」と呼んでしまうのだとか。その子犬が急にご飯を食べられなくなり、ぐったりとした。病院に連れて行ったところ、胃にヘアゴムやボタンが入っていた。

内視鏡手術でなんとか除去できて命を取り止めたが、「誤飲癖のある子は繰り返すから、床にものを置かないように」と獣医師に言われた。

ラウルは誤飲をしたことがなかった。目の前の子はラウルではなく、縁あってうちに来てくれたのだと痛感した。「コロンをちゃんと愛せるようになるまで写真をあずける」と言って、三ヶ月という期限であずけていった。

「幼稚園で娘が作った」と大量の工作物をあずけた母親がいたが、一時間後にあわてて来店し、「娘に泣かれた」と、持ち帰ったりもした。

例のおさげ髪は約束通りチョコレートクッキーを取りに来た。

おかっぱは現れなかった。

七時を過ぎると透はのれんをはずし、店を閉めた。丁寧に掃除をしたあと、おかっぱがあずけた水色の紙袋を手に取り、中を確認しようとしたが、思いとどまった。

「今日取りに来る」とふたりは言い、それぞれ百円を払ったが、あずかりやは一日百円であずかる決まりだ。期限は厳密には明日までだ。

透は明日まで保管することにしたようだ。

翌日は客が少なく、午前中にひとり来ただけだった。

白髪の女性で上品な身なりをしていた。

「シマタカヤに勤めていたんです」と言った。歴史ある大手百貨店である。

「初めはエレベーターガールをして、そのあとは靴売り場、そのあとは婦人服売り場におりました」

女性は袱紗《ふくさ》を開き、中のものを大切そうに透に渡した。

「ネームプレートですか？」

「ええ」と女性は微笑んだ。

白いネームプレートにシマタカヤのロゴ、その下に「浜野」と書いてある。

女性は懐かしそうに話す。

「結婚すると夫からはオイと呼ばれ、子どもからはオカアサンと呼ばれ、孫からはオバアチャンと呼ばれ、ご近所からはオクサンと呼ばれます。でも、勤め先では名前で呼ばれます。浜野さんと。もちろん、オイもオカアサンもオバアチャンも嫌じゃないんです。そう呼ばれることは、自分で選んだことだし、家族がいるという証で、財産です。ありがたいことだと、感謝しています。でもね、名前で呼ばれる誇らしさは格別なんですよ。女だからかもしれませんね。男性なら当たり前のことが、女性には貴重なことなんです。その逆もあると思いますけどね。わたしは定年まで勤め上げて、ほんとうはこのネームプレート、百貨店に返すべきものなのですが、こっそり持ち帰って、大切にしているのです。たまにね、家の中で付けることもあるんですよ」

透は真摯に耳を傾けている。

「来週から娘の一家がうちに来て、一週間泊まっていくのです。にぎやかになるので楽しみです。実はね、娘が整理魔なんですよ。おかあさんは要らないものをためすぎるって、来るたびにあれこれチェックして、処分するんです。ありがたいんだけど、これだけは捨てられたくなくて。この一週間はあずかりやさんに隠しておきたいの」

「わかりました」

なるほどなあ、人により宝物はいろいろなのだ。

わたしは反省した。

妻のことを「かあさん」と呼んでいた。名前で呼べばよかったのかな。妻もわたしを「とうさん」と呼んだ。しまいには「じいさん」と呼んだ。わたしも「ばあさん」と呼び、透の誕生を喜んだものだ。

男も呼称は変わる。菓子屋と呼ばれたり、店主と呼ばれたり、とうさん、おやじ、おじいちゃん。いろいろに呼ばれた。そのひとつひとつがわたしには誇らしかった。

そういえば、妻の名前はなんだっけ。思い出せないぞ。わたしの名前はなんだっけ。桐島……なんだっけなあ。先代菓子屋の霊。役割はわかっているのだがな。死んでからもネームプレートが必要だ。自分の名前を忘れないようにな。

そのお客が帰ると、透は点字本を読んで過ごした。

おかっぱは今日も現れなかった。

夜の七時になると透は店を閉め、ひととおりの掃除を終えると水色の袋を開けた。中には手のひらほどの大きさの、いびつなチョコレートクッキーが一枚。そして、真っ白なカードが入っていた。

透はカードに触れ、ハッとした。

なんとそのカードには点字が打ってあったのだ。

透はそっと慈しむようにそれを読んだ。

短い手紙だ。

あのおかっぱの少女から透への手紙だ。

あの子が点字を打ったのだろうか。

点字をどうやって学んだのだろう。

あの子は過去にここを訪れたことがあるのだろうか。

お下げ髪はあの子を「花ちゃん」と呼んでいた。

あずけるときにふたりは名乗ったが、おいぼれの記憶力では覚えられない。

透はすばらしい記憶力を持っている。過去に一度でも会っていたら、彼女のことを覚えているだろう。覚えていても、友人の前でプライバシーを公開することはせず、黙ってあずかりものを受け取るだろう。

ひょっとすると、会ったのはずいぶんと昔のことで、彼女はとても小さかったのかもしれない。店を訪れたのは彼女の親で、彼女は幼児で、直接会話をしなければ、透の記憶には残らない。

点字を打ったのがおかっぱだとして、この短い文章を打つのにどれだけ時間がかかっただろう?

腹の底からじわじわと滲み出るような感情の波がやってきた。

思いを伝えるのに、透の言語を使ってくれた。

透にとってどんなにありがたいことだろう。

透はお客の気持ちに寄り添う。それが仕事だ。お客が透に歩み寄るのは初めてかもしれない。

ありがとう、少女。

点字はまるで五線譜の音符のように美しく浮き上がっている。音楽を奏でそうだ。

あるいは満天の星のようにも見える。光り輝いて人の心を打つ星たち。

ほんとうに綺麗だ。

わたしには読めない。残念だ。

彼女は「桐島くん」と言っていた。ひょっとして、恋文？

バレンタインの恋文だろうか。

それともなにか……礼状のようなものかな？

なんでもいい。透は手紙をもらった。小さなお客さんに。それは事実だ。

透は自分のために珈琲を淹れ、一枚のクッキーを時間をかけて味わった。食べ終えると、点字の手紙を大切そうに茶簞笥にしまった。

透は目に入れても痛くない最愛の孫である。
その孫が目をやられたと知った時の絶望を思い出す。
わたしは透が光を失ったと思った。
しかし、失ってはいなかったのだ。
内なる光は輝き続ける。それは何があっても消えることはない。
透よ。
お前はもうとっくの昔にぴったりの靴を見つけて、世界を変えていたんだな。
わたしは今日それに気づくことができて、ようやく楽になった。
明日も快晴だ。

あとがき

「あずかりやさんに預けてみよう！　キャンペーン」にご応募いただいたみなさま、ご協力ありがとうございました。また応募せずとも、あずけたいものについて思いをはせてくださったかたもいるかもしれません。

あずかりやにあずけたいものは何か？　作者のわたしも答えに迷います。

今作には、ご応募いただいた中から複数のあずかりものが登場します。どーんと主役を張ったり、さりげなくお目見えしたりと、登場のしかたは様々です。今回登場しなかったあずかりものも、次作の宿題とさせていただきます。

尚、あずかりものにまつわるエピソードや登場人物は創作であり、事実と異なることをご承知いただけますと幸いです。

読者のみなさまとつながることができ、特別な一冊となりました。

これからもあずかりやをよろしくお願いいたします。

大山淳子

★あなたも「あずかりやさん」に大切な〝もの〟を預けてみませんか？
選考で選ばれた「預けたいもの」が、『あずかりやさん』の次回作に登場します。

■選考委員　大山淳子先生

■応募方法　郵便ハガキまたはX（旧Twitter）でご応募ください。

《ハガキ》

①あなたが「あずかりやさん」に預けたいものを一つ
②郵便番号　③住所　④氏名　⑤年齢　⑥職業　⑦電話番号
宛先　〒一〇二－八五一九　東京都千代田区麹町四－二－六
　株式会社ポプラ社文芸編集部「あずかりやさん」係

《X（旧Twitter）》

ポプラ社文芸編集部の公式Xアカウント（@poplar_bungei）をフォローして、ハッシュタグ「#あずかりやさん」をつけて、あなたが「あずかりやさん」に預けたいものを一つ投稿してください。

■当選発表　『あずかりやさん』の次回作にて

※「預けたいもの」がいくつ選ばれるか、どのような形で物語に登場するかは、大山淳子先生の裁量によることをご了承ください。

あずかりやさん

満天の星

大山淳子

2024年1月5日　第1刷発行

発行者　千葉 均
発行所　株式会社ポプラ社
　　〒102-8519　東京都千代田区麹町4-2-6
　　ホームページ　www.poplar.co.jp
フォーマットデザイン　bookwall
組版・校正　株式会社鷗来堂
印刷・製本　中央精版印刷株式会社

N.D.C.913/207p/15cm　ISBN978-4-591-18038-9

P8101485